深呼吸する惑星

鴻上尚史

白水社

深呼吸する惑星

装丁　鈴木成一

目次

ごあいさつ　4
深呼吸する惑星　9
あとがきにかえて　178
第三舞台の軌跡　185
上演記録　196

ごあいさつ

知り合いの死亡の知らせを聞くことが多くなってきました。それが年を重ねることなのかとも思います。けれど、一年に一回、ひょっとすると数年に一回しか会わない人の死の知らせは不思議な気持ちになります。

こんな言い方は不謹慎なのかもしれませんが、不思議としかいいようのない感覚がわき起こるのです。

その人のことをどれだけ思うかは、会った回数ではないと思っています。なんというか、その人が僕自身に与えてくれた影響や情報、そして感情が、その人の存在の重さを決めるのだと感じます。そして、年に一回しか会わない人でも、その一回がとても深ければ、または大切であれば、その人と会ってない時でも、会話していると感じられるのです。

時々、「あの人ならなんと言うだろう」とか「あの人は、あの時、こんなことを言った」と考えている自分に気付くことがあります。それはつまり、リアルに直接会ってないけれど、心の中では頻繁《ひんぱん》に会っているということだと思います。その時、リアルに会うことの意味が、それほど重要だと感じられなくなるのです。

そういう人の死の知らせを聞くと、心の中で「でも」という気持ちが浮かびます。「でも、あの人とは一年に一回しかリアルに会ってなかったけど、心の中では何度も会話していたんだから、今、リアルに会えなくなったからと言って、それは死んだんじゃなく、たとえば、長く旅に出たと考えてもいいんじゃないか」と素直に思っている自分がいるのです。

僕はいまでも、新作を書くと必ず筑紫《ちくし》哲也《てつや》さんの顔が浮かびます。いつもニコニコしながら劇場に来て、短い感想を語る筑紫さんは、僕の心の中でずっと生きています。折りに触れて、筑紫さんの言葉を思い出すのです。でも、僕と筑紫さんとは、ほとんど芝居の時しか会いませんでした。多くて、一年に二回でした。

変な言い方ですが、筑紫さんが亡くなった後のほうが、僕は筑紫さんの言葉を思い出します。筑紫さんなら何て言うんだろうと、筑紫さんの言葉を想像します。

僕は亡くなった筑紫さんと会話するのです。その時、僕にとって筑紫さんは死んではいないのです。ただ、長い旅に出てリアルには久しく会ってないだけの人なのです。

僕たちは、生きている人と話すように、死んだ人とも話すことができるんじゃないかと思うのです。生きている人と話しながら、じつは話してないことは普通にあります。話しているふりをすることも、多くの人と話しながらじつは誰とも話してないことも、珍しいことではありません。

だから、死んだ人とたくさん話すことも珍しいことじゃないと思えるのです。

それは「会話」ではない、ただの「思い出」なんだと言われたら、生きている人間同士の「会話のふりをした独り言」より、何倍も素敵だろうと思うのです。

「思い出」を支えにして生きるのかと問われたら、生きている人の強烈な言葉より死んだ人のささいな言葉を支えにすることの方が素晴らしいと感じるのです。

でも、そういう疑問を持つ人は、死んだ人と本当に会話したことがないんだと僕は思います。

死んだ人は、簡単に思い出を語ってくれません。こっちが思い出を語りたいのに、いつものように、皮肉や苦言やバカ話を始めるのです。そして、時には、じつに痛い言葉を投げかけてくるのです。会話なのですから、当たり前と言えば当たり前です。筑紫さんは温厚で大人でしたから、皮肉や苦言はまったくありませんが、僕が若い頃、共に芝居を始め、そして亡くなった男は、いまだに苦言や皮肉を僕に語ります。

こっちが本気になればなるほど、相手も本気になっていくらでも言葉を続けます。その言葉に一喜一憂しながら、今日の昼間の、生きた人間相手の言葉を思い出して反省するのです。とりあえず時間をつぶすために独り言になった会話や話すハシから忘れていった言葉を。

そして、死んだ人との会話が自分を支えていることに気付くのです。それは、教祖や偉人の言葉のように強烈な信仰を伴うものではなく、生きている人間の力強く生臭い言葉でもなく、じつに淡く、遠く、ささやかな言葉です。やがては、時間と共に消えていく言葉かもしれません。会話しようと決心しないと現れない、かげろうのような言葉です。

けれど、そんな弱く、淡く、小さな言葉が自分を支えているのだと自覚すること、そして、自分を支えるものの弱さや、はかなさに気付くことは、なかなか素敵なことなんじゃないかと思うのです。

国家や民族、大会社のような強大で強力なものに支えられる人生もあるでしょうが、弱く、小さくささいなもので自分を支える人生も悪くないと思うのです。

自分を支えるものの弱さを自覚し、そして、その弱さを認めながら人生の可能性を探る試みは、ひょっとしたら、強大な支えを求める人生より楽しいんじゃないかとさえ思います。それはたぶん「祖国なき独立戦争は始まる」という比喩で語られることに近いのです。この言葉は、僕が二十代の時にエッセーで書いた言葉です。

今日はご来場、ありがとうございます。最後の「第三舞台」です。

ごゆっくり、お楽しみ下さい。んじゃ。

鴻上尚史

深呼吸する惑星

登場人物

男1／神崎英人《かんざきひでと》・キリアス
男2／仲井戸《なかいど》隆司《りゅうじ》
女1／桜木真希《さくらぎまき》／アルテア老婆1
女2／ハザ・レイ
女3／西田《にしだ》ダグノ／アルテア老婆2
男3／マギエル
西田《にしだ》銀河《ぎんが》／若い男（橘《たちばな》　伸哉《のぶや》）

秘書
警備局員
通行人たち
掃除婦
アルテア老爺たち
兵士1
着ぐるみオウム
着ぐるみヒヨコ
着ぐるみカモ
音響係
警備兵たち

（実際の上演では、メインの役7名と、それ以外の役を3名で演じた。つまりこの戯曲は、最低10名前後で演じることが可能である）

0

音楽と共に、葬式帰りと思われる喪服姿の男1・2・3と女1・2・3が現れる。
ダンスのような動き。
音楽、切れて、

女1 駅まで、タクシー捕まえようと思ってるんですけど、どなたかご一緒しませんか？
男2 割れば、安くなると思うんで。
女2 じゃあ、お願いしようかな。バスで帰ろうかなって思ってたんです。会社の方ですか？
男2 いえ。私達は取引先の。
女2 そうですか。
女1 （男3に）どうですか？
男3 いえ。私は歩きます。
男2 けっこう距離ありますよ。
男3 ええ。でも、歩きたいんです。今日はどうもありがとうございました。
女1 会社の？
男3 ええ。部署は違うんですが。昔、部長にお世話になって。それじゃ。

男3、去る。

女1　（男1と女3に）あの、

女3　ここに会社の車が迎えにくることになってるんです。このまま、仕事に行きますから。

男2　今からですか。休日に大変ですね。

男1　貧乏暇なしってやつです。私達も取引先で。

女1　ライバルですか。

男1　よろしくお願いします。今、名刺切らしてまして。

男2　いいですよ、葬式の時ぐらい。それじゃあ、行きますか。

女1　ええ。

女2　（男1と女3に）それじゃあ。

男2、女1、女2、去る。

女3　知らない人のお葬式ってのも、なんかピンときませんよね。

男1　そうだな。

女3　なんで取引先の部長さんの子供が死んで、私達が参列しなきゃいけないんですかね。

男1　取引先だからだな。

女3　それだけですか？

男1　それが資本主義だ。

女3　なんか納得できないんですよね。来られた方《ほう》も迷惑だと思うんですよ。だって、知らない人の死は哀しめないでしょう。
男1　死そのものを哀しむしかないな。
女3　課長。なんか、哲学的なこと言ってますよ。大丈夫ですか？
男1　葬式は人を哲学的にするんだろ。嫌でも人生を考えるからな。
女3　死んだ息子さんて自殺だったそうですよ。
男1　そうなのか？
女3　参列者が噂してました。そう聞いてもまったく悲しくないんですよね。一回でも会ってたらまだねえ。
男1　車、まだか？
女3　聞いてみます。

女3、携帯を出す。
その間に、男1、スマートフォン型の携帯を出して画面を読み始める。

女3　あ。もしもし。どうですか？　え？　渋滞？　分かりました。はい……そうですか。はい。それじゃ。

女3、電話を切る。

女３　まだ十五分ぐらいはかかるそうです。
男１　そうか。
女３　お、課長。ツイッターですか？　それともフェイスブック？
男１　お前もなにかやってるのか？
女３　ええ。ブログをちょっと。……ねえ、課長。死んだ息子さんてブログとかやってたんですかね？
男１　えっ？
女３　ふと思うんですよ。自分が死んだ後、自分のブログってどうなるんだろうかって。
男１　デジタル遺産って奴だな。ツイッターとかフェイスブックは遺族が連絡したら対処するって言ってるな。
女３　無料のブログとかは？
男１　永遠に残るかもしれんな。「虎は死んで皮残す。人は死んでアカウント残す」。
女３　まさに幽霊ＩＤですね。
男１　「（軽く歌う）♪私のアカウントの前で泣かないで下さい～」
女３　削除して欲しいからって、家族にアカウントとパスワード残すのも抵抗あるんですよね。日記、全部読まれるみたいで。
男１　有料のサービスなら、銀行から引き落とせなくなった時が終わりだろうけどなあ。
女３　課長はネットに自分の言葉や写真をずっと残したいですか？　それとも死んだら全部削除して欲しいですか？
男１　ネット上から、完全に削除ってできるのか？
女３　さあ、どうですかね。

男1　もし、死んだ息子さんがブログとかやってたら、彼の言葉は、ずっと残るかもな。
女3　なんか、気持ちいいのか悪いのか分かりませんね。
男1　問題は、残しても読みに来てくれる人がいるかどうかだと思うな。
女3　なるほど。そうですね。
男1　（スマートフォン型の携帯の画面を見せて）これな、たぶん、もう死んだ人が書いた小説、みたいなもんなんだ。
女3　なんです？
男1　ここ何年も更新してないからな、たぶん、死んでるんだと思う。自殺したい、なんていう文章もあったし。その人が書いた小説、みたいなものだ。
女3　どうしたんですか？
男1　偶然たどり着いたんだよ。
女3　面白いんですか？
男1　なんか不思議なSFなんだよ。小説より映画に向いてるんじゃないかなあ。
女3　なになに……『希望という名の惑星』。楽しい話なんですか？
男1　読んでみるか？
女3　課長はもう読んだんですか？
男1　いや、まだ最初だけだ。
女3　じゃあ、読んで下さいよ。私はブログ書きます。
男1　ああ。
女3　最初はどんな感じなんですか？

男1　最初?……「時は遥かな未来。場所は、銀河系の果て、名もなき惑星」。

女3　ベタな始まりですね。

男1　「人々は欲望という名のロケットに乗り、希望という名の惑星に降り立った」。

男1、黙って読み始める。

女3は、ふと、物語に耳を傾ける。

小説の最初の言葉に合わせて、二人に明かりが集まり、やがて、ゆっくりと消えていく。そして、暗闇の中、椅子に座ってウトウトしている西田《にしだ》銀河《ぎんが》の姿が浮かび上がる。

銀河の髪の色は青い。

1・1

首相官邸。
秘書が叫びながら登場。その顔は青い。
(男1と女3は去る)

秘書 車を！　車だ！　車はどうした!?

はっと顔を上げる銀河。

銀河 はいっ！

秘書 寝てたのか!?　マギエル首相がお出かけだぞ。

銀河 はい。

銀河、慌てて立ち上がる。

秘書 何回、呼んだと思ってるんだ。臨時だからって、この仕事をナメてるのか？

銀河 いえ、そんな、

マギエル、登場。
やはり、顔の皮膚が青い。それはアルテア人の特徴である。

マギエル さて、行きましょうか。
秘書 （驚いて）マギエル首相！　車をお回ししますから。
マギエル いや、すぐそこです。駐車場まで歩きましょう。

秘書、礼をして去る。

銀河 すみませんでした。
マギエル どうしました？
銀河 いえ、大丈夫です。
マギエル 寝ていましたか。
銀河 はい。……夢を見てました。
マギエル 夢？
銀河 かなり昔の地球の夢です。葬式帰りの人達がいて、その中の一人が、ＳＦ小説を読み始めるんです。
マギエル どんな？
銀河 『希望という名の惑星』というタイトルです。
マギエル それで？

銀河　そこで、起こされました。

マギエル　その夢は、地球人の遺伝子のせいですか？

銀河　いえ、分かりません。

マギエル　（確か）地球に行ったことは、

銀河　ありません。

マギエル　行きたいですか？

銀河　それは……分かりません。

マギエル　分かりませんか。……地球連邦軍メインベースです。

銀河　分かりました。

二人、去る。

1-2

仲井戸大尉の執務室。

地球連邦軍の制服を着た仲井《なかい》戸《ど》隆司《りゅうじ》が、同じく研究者用の制服を着た桜木《さくらぎ》真《ま》希《き》を迎える。

仲井戸　アルテア65にようこそ。お疲れになったんじゃないですか？

桜木　いえ。さっそく仕事を始めます。

仲井戸　今日は休んだ方が。地球標準時間で３日間の長旅だったんですから。
桜木　長官がお見えになる一週間後までには結論を出したいんです。
仲井戸　分かりました。それでは？
桜木　今から、自殺未遂兵士を順番にインタビューしていきます。生体データは？
仲井戸　全員、収集済みです。
桜木　（腕輪型のディスプレイを見ながら）確認ですが、この一年間で、自殺を図った兵士の数は、613人。

アルテア65における地球人兵士の23％というのは、

仲井戸　信じられないと思いますが、事実です。
桜木　自殺未遂生存者52人。これも事実ですね。
仲井戸　ええ。
桜木　アルテア人およびハーフ・アースの自殺率は、０・２％ですね。
仲井戸　ええ。
桜木　分かりました。

仲井戸、テーブルの一点に向かって、

仲井戸　西田ダグノを呼んでくれ。
桜木　私がアルテア65に来た理由は？
仲井戸　通常のメディカルチェックだと発表しています。地球人兵士の自殺者の数は、公表していません。
桜木　出さない方がいい数字でしょうね。

仲井戸　いつまで隠せるか。それにしても、桜木さんのような優秀な研究者がどうして、こんな辺境の星に？

桜木　地球人兵士の自殺をとめるためです。

仲井戸　それだけの理由ですか？

桜木　もちろんです。

軍人の制服と民間人の中間のような服装の西田が入ってくる。

西田　失礼します。西田ダグノ、入ります。

仲井戸　地球連邦軍生体科学研究所所属、桜木上級専門研究員だ。

西田　地球連邦軍アルテア地区嘱託《しょくたく》四級軍属、西田ダグノです。

仲井戸　西田が全ての手配をします。分からないことがあったらなんでも聞いて下さい。

桜木　ありがとう。よろしくお願いします。

警備局員が入って来る。

警備局員　失礼します。仲井戸大尉、マギエル首相の運転手だという男が緊急の面会を求めています。

西田　えっ？

仲井戸　緊急……

と、銀河、するりと部屋に入ってくる。手には不思議な花を持っている。

銀河　失礼します！　マギエル首相の運転手の西田銀河と言います。

警備局員　こら、勝手に入るんじゃない！

西田　銀河、あんた何しているの⁉

銀河　おふくろ。

仲井戸　息子さんなのか。

西田　はい。さあ、出て行くのよ。

仲井戸　待ちなさい。西田の息子さんが何の用かな？

銀河　（手に持った花を示しながら）キリアスです！　キリアスの花がエントランスの花壇に咲いていました！

仲井戸　何⁉

銀河　先週も同じ場所に見つけたんです。その時にちゃんと警備の人に言ったのに、何にも変わってないんです。

仲井戸　（警備局員に）下がっていい。

警備局員　失礼します。

警備局員、去る。

仲井戸　……今、見つけたのかね？

銀河　はい。さっき、車でマギエル首相をご案内したんです。その時、この花が目に飛び込んで、まさかと思ったんですけど。

仲井戸　ありがとう。詳しく調査してみるよ。

銀河　キリアスが基地の中に忍び込んでるんでしょうか。

西田　そんなことあるわけないでしょ。

と、警告音。

仲井戸　(桜木に) 失礼します。

仲井戸、ＰＣのモニターを操作する。

西田　なんです?

仲井戸　(画面を見て) キリアスだ。

銀河　どこですか?

仲井戸　ハイシティーのセカンドショッピングモールだ。

モニターにキリアスの姿が映る。

(同時に、観客に見えるように後ろの壁に大きく投影される)

仮面とマントをつけた姿。

キリアス　アルテア65をアルテア人に返せー！　地球連邦軍はアルテア65から出て行けー！　アルテア65に地球連邦軍の基地はいらないー！

桜木　（画面を覗き込んで）なんです？

仲井戸　キリアスと名乗る人物です。

桜木　キリアス？

仲井戸　アルテア65の地球連邦からの独立を訴えています。

桜木　独立!?

西田　迷惑な話ですよ。そんなことしたら、ますますアルテア人の評判が悪くなるんだから。

桜木　この星に独立運動があったんですか？　報告は受けてませんよ。

仲井戸　60年も前の話です。今は、報告するレベルではないです。（パソコンを切る）何ヶ月かに一回、忘れた頃に現れて、一人で叫ぶだけですから。

銀河　なんか中途半端なんですよね。ギャグならギャグ、本気なら本気ってはっきりしてもらわないと。

西田　キリアスが本気になっても、誰もついてこないわよ。

銀河　そうかなあ。

仲井戸　報告、どうもありがとう。

銀河　えっ、はい。（花を示して）キリアスは？

西田　私が処分しておくから。

銀河　それじゃあ、失礼します。先週、僕の報告を無視した兵士、減俸にして下さい。

銀河、キリアスの花を西田に渡して去る。

西田　銀河！……本当にすみません。
仲井戸　いいんだ。元気な息子さんじゃないか。
桜木　（キリアスを見て）珍しい花ですね。

桜木、花に興味を示し、西田、そのまま、手渡す。

仲井戸　アルテア65の固有種で、かつてはこの星を代表する花でした。60年前までは、どの星の政府の旗に描かれていました。
桜木　政府の……。
仲井戸　それ以来、キリアスの花はこの星の独立運動の象徴になり、地球連邦は栽培を禁止しているんです。
桜木　じゃあ、キリアスと名乗っていた人物は？
仲井戸　この花から取った名前でしょう。独立運動の象徴ですから。
西田　悪趣味な名前ですよ。

桜木、花の匂いを深呼吸する。

桜木　まったく匂いがしませんね。不思議。
仲井戸　それじゃあ、西田、桜木研究員を案内してくれるか。兵士のインタビューだ。

西田　はい。こちらへ。

　仲井戸、キリアスの花を桜木から受け取る。

桜木　失礼します。

　桜木、西田、去る。
　見送った仲井戸、複雑な顔。
　そして、去る。

1-3

　墓地。
　神崎英人《かんざきひでと》が、リズミカルにホウキで遊んでいる。地面をはくというより、ホウキと踊っているという感じ。
　と、ハザ・レイがやって来る。

ハザ　すみません。アルテア人兵士のお墓はどちらですか？

神崎　はい。ここから、真っ直ぐ三歩進んで二歩下がり、クルッと回ってホォーッと叫び、腰をクイクイッと決めたら、そこです。

ハザ　昔と同じ説明。
神崎　えっ？
ハザ　3年かあ。長いようであっと言う間だったわね。
神崎　あの……
ハザ　なに、分からないの？
神崎　えっ？
ハザ　あたしよ。
神崎　あたし？
ハザ　レイよ。
神崎　レイさん!?　嘘う！　嘘う！　嘘う！

神崎、「嘘う」のたびに細かく動く。

ハザ　ちょこまか動かないの！
神崎　いや、だって顔が、
ハザ　整形したのよ。素顔じゃ、アルテアに戻れないでしょう。
神崎　ほんとにレイさん……
ハザ　ただいま。苦労かけちゃったわね。今日は、久しぶりにあたしのロールキャベツ、食べる？
神崎　レイさん！

神崎、ハザを抱きしめようとする。

ハザ　(それを制止して) ちょっとちょっと。神崎君は、今も管理人宿舎に住んでるの？

神崎　はい。

ハザ　一人？　それとも誰かと一緒？

神崎　銀河の果てまで一人です。

ハザ　じゃあ、部屋、空いてるわね。また、今日から住むから。

神崎　レイさん！

神崎、レイを抱きしめようとする。

ハザ　(制して) 違うの。そういう意味じゃないの。あたし達はもう終わったでしょう。

神崎　愛と性欲は、いつでも蘇《よみがえ》ります！

ハザ　永遠に終わったの。これからは、恋愛を超えた同志的連帯の関係よ。

神崎　同志的連帯。

ハザ　そう。アルテア65の未来を憂《うれ》う者同士の連帯。

神崎　(はっと) じゃあ、戻ってきたのは、一週間後のためですか？

ハザ　(しっと) 大きな声で言わない。どこで誰が聞いているか、分からないんだからね。

神崎　はい。

ハザ　神崎君はどう？　戦ってる？

神崎　僕は、……まあ、なんというか……まあ、ボチボチですかね。
ハザ　ボチボチ……。

と、地球の普通の格好をした若い男が現れる。（銀河役の俳優が演じる）

神崎　（若い男に）あ、今日は都合が悪いんだ。
ハザ　？
神崎　ちょっと取り込んでてさ。ごめんね。
ハザ　……神崎君、誰と話してるの？
神崎　彼ですよ。
ハザ　彼？
神崎　（若い男に）ハザ・レイさん。この共同墓地の以前の管理人だ。
若い男　（お辞儀してあいさつ）
ハザ　神崎君……。
神崎　あ。レイさんにも見えませんか？
ハザ　……ええ、何も。
神崎　そうか。レイさんには見えて欲しかったんだけどなあ。（若い男に）なあ。
若い男　（うなずく）
ハザ　なんなの？
神崎　友達です。

ハザ　……つまり、幽霊?
若い男　(首を振る)
神崎　ここは墓場ですけど、違います。
ハザ　じゃあ……妖精?
若い男　(一応、妖精っぽい動きに一瞬乗って、否定する)
神崎　違います。
ハザ　そうか、幻覚だ。
神崎　違いますよ。友達です。
ハザ　名前は?
神崎　それが教えてくれないんですよ。なあ。
若い男　……(微笑む)
神崎　でも、友達です。
ハザ　……そう。突っ込み所ありすぎだから、とりあえず、部屋、入るわね。

ハザ、去る。

神崎　(若い男に)ごめんな。今日は、話せそうにないんだ。

神崎、ハザを追って去る。
若い男、無言のまま、後を追う。

1-4

仲井戸大尉の執務室。
仲井戸とマギエルが話しながら登場。

マギエル　内容の変更？　どういうことですか？

仲井戸　今朝、地球連邦本部から指令が来ました。歓迎式典の内容が、アルテア人の文化に焦点を当てすぎているという内容です。

マギエル　アルテア65にいらっしゃるビリー長官を歓迎するんです。我々アルテア人の文化でもてなすのは当然じゃないですか。

仲井戸　アルテア65は、地球人とアルテア人が協力して平和が維持されている——その現状を正しく反映した歓迎式典にするようにということです。

マギエル　だから、アルテア人が感謝の意味を込めてですね、

仲井戸　マギエル首相、これは命令なんです。アルテア人の200人のダンスは中止、歌手は半分を地球人に変更して下さい。

マギエル　アルテア人の生活に歌と踊りは不可欠なんです。我々は悲しい時、楽しい時、必ず歌い、踊ってきたんです。今さら中止を伝えるのは、

仲井戸　マギエル首相。これは地球連邦政府の決定なんです。

マギエル　地球連邦政府は何をしても、この星の秩序は保たれると思ってるんでしょうか？

仲井戸　……。

マギエル　仲井戸大尉も歓迎式典の内容に賛成してくれたじゃないですか。

仲井戸　私は軍人です。軍人は命令に従うだけです。

マギエル　仲井戸大尉。

仲井戸　マギエル首相。ビリー長官の訪問は言わば儀礼的なものです。大過なく終えることが最優先じゃないですか。

マギエル　アルテア65の訪問を、ただのルーティーンにしてほしくないんです。辺境の星のひとつではなく、アルテア65の名前をビリー長官の胸に刻んで欲しいんです。

仲井戸　この歓迎式典でも充分そうなりますよ。

マギエル　例え仕事でも、自分が信じてないことはおっしゃらない方がいい。

仲井戸　……そう思ってますよ。地球連邦軍からは以上です。

マギエル　……。

仲井戸　以上です。

マギエル、去る。

その姿を見つめ、去る仲井戸。

1-5

墓地。

神崎が飛び出てくる。

神崎 （思わず空に向かって叫ぶ）レイさんのバカヤロー！

と、若い男も登場。

神崎 あれ、待っててくれたんだ。

若い男 （うなずく）

神崎 レイさん、疲れたって言って、部屋に鍵かけて寝ちゃったよ。積もる話が山ほどあるのにさ。

若い男 ……。

神崎 なんかものすごく聞きたそうだね。

若い男 （うなずく）

神崎 俺に昔の記憶がないのは言ったよね。いつからこの星にいるのか、この星で生まれたのか、それさえ、俺はよく分からない。

若い男 （うなずく）

神崎 レイさんによると、ある朝、俺はこの墓地に倒れていたんだって。目を覚ました第一声は、「俺は誰だ？」。それが、6年前。で、レイさん、親切でさ。帰る場所も分からない俺を今の管理人宿舎に泊めてくれて、一緒に生活するようになったんだ。えっ？　男と女の関係？　いきなり聞くねえ。最初の1年はただのボディーガードみたいでさ、レイさん、秘密だよ、この星の独立運動を戦ってたんだよ。時々、地球連邦軍の将校が真っ赤になって怒鳴り込んで来てさ。あ、レイさんはじつはアルテア人なんだ。完璧に全身手術して地球型になったの。で、2年目かな。お互い、なんとなく意識するようになって。やっぱり、一緒に住んでるしね。で、3年目。とうとうだよ。でもね、ああ、内緒だよ、これ！　俺ね、自慢じゃないけど、ケダモノなんだ。だけどさ、できなかったんだよね。いや、レイさん以外ならひいひい言わしてるよ。人間だけじゃなくて、墓地に来る犬も猫もニワトリもひいひい言わしてるよ。ひよこのピイコなんかひいひい言わせてたら破裂してさ。……俺、墓場の真ん中で何話してるんだろ。でもさ、レイさんとはできなかったんだよ。焦ったよ。レイさん、「私のこと、愛してないの⁉」なんて叫ぶしさ。愛してたと思うんだ。思うんだけど、なんだろ、レイさんとやろうとすると、胸の奥にぽつんと小さな穴が開いてさ、それがどんどん大きくなって、ブラックホールみたいになって、そこに性欲も愛情も全部吸い込まれたんだ。……結局、できないまま、男と女の関係にもならずに半年すぎて、レイさん、突然、いなくなったんだ。それが、3年ぶりに帰って来たんだよ。えっ？　分かんないよ。レイさんのことだから、なんか大きなこと計画してるんじゃないかなあ。えっ？　今でも好きかって……どうかなあ……うん、その前にレイさんに認めてもらわないとね……なんか大きなことやって……

黙り込む神崎。

それを見つめる若い男。

暗転。

1-6

すぐに明かり。
桜木の部屋。
桜木と西田が入ってくる。

西田 お疲れさまでした。10人のインタビューって大変だったでしょう。
桜木 大丈夫よ。明日もよろしくね。
西田 はい。ちょっと待って下さいね。

西田、さっと去って、アルテアの花をいけた花瓶を持って来る。

桜木 西田さんは、出身は?
西田 (花瓶の置き場所を目で探しながら) アルテア65です。
桜木 じゃあ、
西田 ええ。アルテア人です。地球人と結婚して銀河を産みました。
桜木 あんまりアルテア人ぽくないよね。
西田 全身、手術してますから。

桜木　そうなの。ダンナさんは、この星に？

西田　離婚しました。今はどこにいるやら。アートン星人との戦いで戦死したかもしれません。

桜木　ごめんなさい。立ち入ったこと聞いて。

西田　いいんです。最初に言っといた方が気が楽ですから。桜木上級専門研究員さんは、家族は？

桜木　桜木さんでいいわよ。地球に夫と小学生の娘が一人。

西田　可愛いんじゃないですか？

桜木　だんだん生意気になって大変よ。

西田　そうですか。（最終的に花瓶の置き場所を決めて）……それじゃあ、分からないことがあったら何でも聞いて下さい。「西田、来てっ！」ってこの部屋で叫んでも、音声認識して私に連絡が来ますから。

桜木　ありがとう。

西田　それでは、失礼します。

西田、去る。

桜木、ほっとして、荷物をほどき始める。

と、地球の服装をした仲井戸が入ってくる。

仲井戸　ただいま。まだ起きてたんだ。いやあ、仕事が遅くなってね。

唖然とする桜木。

仲井戸　風呂入るわ。沸《わ》いてるよね。
桜木　……。
仲井戸　なんだよ。本当だよ。本当に仕事だったんだから。

桜木、頭を激しく振る。

仲井戸　大丈夫かい、真希？　どうしたんだよ。誤解だよ。浮気なんかしてないよ。ほら、香水の匂いなんかしないだろう。

桜木、仲井戸の言葉の途中で手を伸ばし、仲井戸を触る。リアルな手応えに、桜木、悲鳴を上げながら、バッグの中の服などを仲井戸に投げ始める。仲井戸、慌てずに、

仲井戸　真希、話があるんだ。大事な話なんだ。僕が悪かったんだ。僕はある女性と不適切な関係になってしまったんだ。すべては僕の優柔不断な性格と理不尽な下半身の問題なんだ。

仲井戸、桜木に近づこうとする。

桜木　！
仲井戸　真希。分かってくれ。だから僕と別れるなんて言わないでくれ。真希、お願いだ！

桜木、追いこまれ、

桜木　やめて！
仲井戸　真希！
桜木　（悲鳴）

桜木、意識を失う。
暗転。

1-7

墓場。
神崎がいる。
と、マギエルが手に花束を持って登場。

マギエル　こんばんわ。
神崎　あ、首相。毎日、お疲れさまです。
マギエル　いえいえ。

マギエル、離れた場所で祈り始める。
神崎、若い男を探す。

神崎　……そうか。今日はもう帰ったのか。

と、ハザが登場。

ハザ　じゃあ、あたし、ちょっと出てくるね。
神崎　あれ、今日はロールキャベツ作ってくれるんじゃないんですか？
ハザ　ま、明日ね。

と、祈っているマギエルに気付く。
ハザ、はっとして神崎に小声で、

ハザ　ねえ、あの人、マギエル首相に似ていない？
神崎　はい。マギエル首相です。
ハザ　なんで、この星の首相がたった一人でこんな所にいるのよ。
神崎　一人じゃないです。すぐ近くに警備が待機してます。
ハザ　どこ？

神崎　（客席を指さし）ほら、あそこにいる目つきの悪い男性と女性、やり手のＳＰです。
ハザ　なるほど、地獄を見てきた顔をしてるわね。……マギエル首相が祈っている墓はたしか、
神崎　独立戦争の無名兵士の墓です。
ハザ　よく来るの？
神崎　ほぼ毎日。
ハザ　ほぼ毎日!?
神崎　時間は決まってないんですが、だいたい、一日の終わりに。
ハザ　よし。

ハザ、近づこうとする。

神崎　（それを止めて）何するんですか？
ハザ　何言ってるの。首相なのよ。この機会にお友達にならないと。
神崎　首相が唯一、一人になれる時間なんです。近づくと、すぐにＳＰが飛んできますよ。
ハザ　そうなの？
神崎　あの姿を見てると、首相はやがて、地球連邦軍と戦うつもりじゃないかって思えるんですよね。

ハザは、神崎の言葉の途中で退場。

神崎　あれ？　レイさん？

と、マギエル、祈り終わり、神崎に近づく。

マギエル　いつも、管理、ご苦労さまです。
神崎　とんでもないです。首相こそ、毎日、頭が下がります。
マギエル　首相としての義務を果たしているだけです。それでは、また明日。

と、ハザ、適当に引きちぎった草花を持って、登場。

ハザ　すみません。あの、独立戦争の無名兵士の墓はどちらですか？
神崎　は？
ハザ　（自分で勝手に見つけて）ああ、あれが。独立戦争無名兵士の墓……あなたー!!

ハザ、号泣（？）しながら、墓の前にすがる。
驚くマギエル。

ハザ　（激しく）あなたー!!
マギエル　（ハザに）あの……
神崎　（マギエルに）いいんです。放っときましょう。
ハザ　（さらに激しく）あなたー!!　あなたー!!

マギエル　あの、よかったら、事情を聴かせていただけませんか？
ハザ　えっ？　あなたは？
マギエル　マギエルと言います。この星の首相です。
ハザ　首相……（墓に向かって）あなたー！　マギエル首相ですよー!!
マギエル　あの、どんな事情なんですか？
ハザ　愛する人を亡くしました。
マギエル　でも、このお墓は60年前の独立戦争でなくなった方たちですよ。あなたはそんなお年には見えませんが、
ハザ　私は、根っからの巫女《みこ》体質《たいしつ》なんです。
マギエル・神崎　は？
ハザ　今、私の体には、60年前、独立戦争で愛する人を失った女達の魂が集まっているのです。
マギエル　……。
ハザ　今、この女は頭がおかしいと思いましたね。
マギエル　あ、いえ、
ハザ　そうかもしれません。私は二十代からずっとキチガイと言われ続けてきました。けれど、私には聞こえるのです。愛する人を失った女達の慟哭《どうこく》が。（突然）あなたー！　私はあなたに愛されて満足でしたよー!!　（はっと、脱力し、魂と会話するように）いえ、こちらこそ。また、いつでも私の体を使って下さい。（空中に向かって）さようなら。……（マギエルに）お騒がせしました。
マギエル　あの……
ハザ　気にしないで下さい。私は彷徨《さまよ》う魂と会話できるだけの、これと言って特徴のない女です。

……（マギエルを見て）心配事がおありですね。
マギエル　えっ。
ハザ　顔に心配事があると太《ふと》ゴシックで書かれています。話してみませんか？　話すだけでも楽になりますよ。（神崎に）ボーイさん、コーヒー二つ。
神崎　は？
ハザ　（叩く真似）コンコン。さあ、心の扉を開けて。
マギエル　御心配、ありがとう。でも、大丈夫です。それでは。

マギエル、去る。

ハザ　……ちっ。ダメか。ボーイさん、コーヒーキャンセル。じゃあ、私も行くわ。

ハザ、去る。

神崎　おい！

唖然としている神崎。
暗転。

1-8

暗転の中、桜木の悲鳴が響く。
明かり、つく。
そこは、桜木の部屋。
意識を取り戻す桜木。
そばに、西田。

桜木 来ないで！
西田 大丈夫ですよ。大丈夫！
桜木 ！
西田 もう大丈夫ですからね。
桜木 ……私は。
西田 意識を失って倒れていました。（胸のマイクに向かって）意識を取り戻されました。（桜木に）何か飲みますか？
桜木 え？……いえ。
西田 意識を失っている間に、お医者さんに見てもらいました。外傷はなくて、脳波にも異常はないそうです。過度の緊張かストレスじゃないかって。
桜木 ……。

と、仲井戸が入ってくる。地球連邦軍の制服姿。
一瞬、身構える桜木。

仲井戸　大丈夫ですか？
桜木　……。
仲井戸　（西田に）すまんが、少し席を外してくれるか。
西田　はい。

西田、去る。

仲井戸　幻覚を見たんですね。
桜木　……ええ。
仲井戸　リアルだったでしょう。
桜木　あれが幻覚だなんて……。
仲井戸　でも、幻覚です。アルテア65に来た地球人が例外なく見るものです。
桜木　……幻覚を見ることは想定していたのに。
仲井戸　桜木さんは、まだましです。
桜木　まし？
仲井戸　いきなり銃をくわえて発砲した兵士、叫んだまま現実に意識が戻ってこなかった兵士。桜木さんは、一時的に気を失っただけですから。

桜木　……。
仲井戸　通常は、この星に来てから一週間前後で見ます。ですから、幻覚に対する対処法も後でお伝えしようと思っていたんです。それが、まさか、到着した当日に見るなんて……。
桜木　対処法？
仲井戸　いつのまにか、この星の地球人が見つけた民間療法のようなものです。
桜木　どんな方法ですか？
仲井戸　どんなにリアルに感じても、相手は幻覚です。つまり自分の意識が自分自身に見せているんですから、相手との会話の途中で、突然「あきゃきゃきゃ！」と意味不明の言葉を、意味不明の動きで叫べば、幻覚は一瞬フリーズします。
桜木　はい？
仲井戸　なんでもいいんです。会話の途中で突然、「（意味不明）」と、意味不明な言葉を意味不明な動きと共に叫ぶと、相手が幻覚の場合は、こっちの思考が一旦止まるので、フリーズします。意味不明であればあるほど、幻覚の動きは止まり、場合によっては幻覚そのものが消えることもあります。
桜木　なるほど。
仲井戸　幻覚を前に、錯乱しそうになって叫んだ地球人が偶然見つけた方法です。さ、やって見てください。
桜木　やるんですか？
仲井戸　やらないと、分からないでしょう。さあ。
桜木　「（中途半端に意味不明）」
仲井戸　それでは、ダメです。叫びと動きが中途半端で思考停止になってないので、幻覚の言葉は止まりません。はっきり、思考停止するんです。さあ。

桜木　「(意味不明)」！

仲井戸　あ、いえ、初めから意味不明を狙うと、それは、意味不明という意味になってしまいますから、普通に話していて突然「(意味不明)」と、なるのがいいんです。

桜木　なるほど。普通に話していて突然「(仲井戸と同じ意味不明)」ですね。

仲井戸　あ、いえ、私の意味不明を真似しようとしたら、それは意味不明ではなく真似です。

桜木　そんなこと言われたら、私、もうどうしていいか「(意味不明)」

仲井戸　あ、いい感じです。さすが、地球連邦軍のエリート研究員、飲み込みが早い。

桜木　そんなこと言われたら、照れるじゃ「(意味不明)」

仲井戸　もういいです。

桜木　えっ？　もういいんで「(意味不明)」

仲井戸　……次に幻覚が現れたら試して下さい。消えなくても、一時的にフリーズして相手が幻覚だと分かるだけで、ずいぶん気が楽になります。

桜木　ありがとう。感謝します。

仲井戸　最低の星でしょう。ここに来たことを後悔してますか？

桜木　仲井戸大尉が初めて幻覚を見たのはいつですか？

仲井戸　４年前。初めてアルテアに来て一週間後です。

桜木　自殺を図りましたか？

仲井戸　……はい。

桜木　どんな幻覚でしたか？

仲井戸　勘弁して下さい。今日、インタビューした兵士も答えなかったでしょう。

桜木　いえ、調査に例外はありません。
仲井戸　……。
桜木　仲井戸大尉。地球連邦軍の階級では、私は少佐です。上官の質問には答える義務があります。
仲井戸　……自分がかつて犯した過ちの幻覚です。
桜木　具体的に言うと？
仲井戸　離婚した元妻が私を激しく責めました。
桜木　そうですか。
仲井戸　昨日も、同じ幻覚を見ました。
桜木　えっ？
仲井戸　すっかり忘れたと思っていたのに。明日、あなたが来ると思った途端です。
桜木　……。
仲井戸　リアルな幻覚は僕でしたか。
桜木　……ええ。
仲井戸　僕は何を？
桜木　……浮気したことを謝っていました。
仲井戸　そうですか。
桜木　20年近くも前の話なのに。
仲井戸　脳はどこまで覚えてるんでしょう。人間の脳の優秀さに怖くなりますよ。
桜木　……。
仲井戸　桜木さんは、今は？

桜木　地球に夫と子供がいます。仲井戸大尉は？
仲井戸　一人です。再婚してまた離婚して。……アルテアに来ることを拒否する可能性はなかったんですか？　私がここにいることは事前に分かったでしょう。
桜木　私は地球連邦軍の軍人ですから。軍人は命令に従うだけです。
仲井戸　……今晩、大丈夫ですか？　必要なら、西田にずっとついてもらいますけど。
桜木　大丈夫です。これで、調査の目的が明確になりました。
仲井戸　明確？
桜木　自殺率の異常な高さは、リアルな幻覚が原因だということです。今なら、私は納得できます。問題は、どうして、こんなリアルな幻覚を見るか、です。明日から至急、調査・解明します。
仲井戸　それでは、お気をつけて。
桜木　ええ。

仲井戸、去る。
ため息をつく桜木、去る。

1-9

レストラン。
人待ち顔のハザが現れる。

と、離れた場所に神崎が現れる。神崎は、ハザに見つからないようにちらちらと見ている。
と、仲井戸がやって来る。

仲井戸　本当にすみません。
ハザ　大丈夫ですよ。ネットでお会いしてから半年、この時を待ってたんですから。一時間の遅れなんて、なんでもないです。
仲井戸　許して下さい。仕事がら、どうしても突然の事態になるもので、
ハザ　分かってます。この星の平和と人々を守る大切なお仕事じゃないですか。さ、食べましょう。おすすめはなんですか？
仲井戸　はい。ここは美味《おい》しいですよ。

二人、去る。
別空間に西田登場。

西田　銀河！　ごはんだよ！

銀河、登場。

銀河　ふわーい。……なに、おおシチューか。肉、でかっ！　贅沢だね。
西田　栄養のあるもの一杯食べて、大きくなるのよ。

銀河　これ以上は、もういいよ。
西田　今日、仲井戸大尉とマギエル首相が何話したか知ってる？
銀河　どうして？　うまっ！
西田　なんか、今日、仲井戸大尉、元気なかったのよね。
銀河　マギエル首相も落ち込んでたよ。
西田　二人とも元気ないってどういうこと？
銀河　歓迎式典の話だと思う。首相、困ったなあって呟いてたから。
西田　アルテア人のダンスと歌でしょう。やめた方がいいわよ。
銀河　そう？
西田　そうよ。だって、銀河第12地区最高長官って、エリートの地球人よ。最先端の芸術、一杯見てるでしょう。そんな人にアルテア人のダンスなんて退屈に決まってるよ。
銀河　そうかなあ。
西田　地球のダンスは速度が違うんだから。アルテアのダンスは、古いのよね。メリハリはないし、動きは遅いし。
銀河　だから中止にしろって言われたのかな。
西田　だったらいいんだけどね。銀河、もう仲井戸大尉の部屋に入っちゃダメよ。
銀河　しょうがないじゃないか。
西田　ダメ。ルールを破っちゃダメなの。今日はたまたま私がいたからよかったけど。歩間違ったら、大騒ぎになってたかもしれないのよ。
銀河　それでもいいよ。

西田　ダメよ！　せっかく、首相の運転手っていう立派な仕事が見つかったんだからね。ちゃんとやって、正式に雇ってもらうの。
銀河　初めから三ヶ月限定の臨時職だよ。正規の運転手さんの怪我が治るまでなんだから。
西田　それでも、真面目にやってれば、なんとかなるもんです。
銀河　ねえ、キリアスに会ってみたいと思わない？　なんであんなバカなことしてるのかって。
西田　バカなこと言ってないで、一杯食べなさい。お代わりは？

明かり落ちる。
仲井戸とハザ、出てくる。

ハザ　とっても美味しかったです。
仲井戸　でしょう。地球の一流店の味と変わりません。アルテア65であの料理は奇跡です。では、駅までお送りします。
ハザ　私、仲井戸大尉のこと、好きです。
仲井戸　えっ？
ハザ　突然、すみません。私、二十代の頃は自意識の固まりだったんです。こんなこと言ったら嫌われるんじゃないか、笑われるんじゃないかって、自分で自分に勝手にルールを作ってがんじがらめになっていたんです。でも、この年になって悔やむんです。自分は一体、何に怯えて、何を守ろうとして自分に嘘をついてきたんだろうかって。あの頃の私は、今よりずっと老けていたんです。今、私は昔よりうんと若いんです。それは、自分の気持ちに正直になったからなんです。私は仲井戸大尉が好きです。

仲井戸　……ありがとうございます。

ハザ　私、このまま帰りたくないです。

仲井戸　えっ……。

見つめ合う二人。

別空間にマギエルが現れる。

電話をしている。

マギエル　ダメだ！　地球連邦政府の決定なんだ。なんとか説得するんだ。そう、ダンスはできないんだ。一時の感情に振り回されるんじゃない。歓迎式典は絶対に成功させるんだ。アルテア65をビリー長官にとって忘れられない星にするんだ。それが、アルテア65の未来なんだ。ヤケになったらダメなんだ！

電話を続けるマギエル。

別空間に桜木が現れる。

桜木　調査報告24。アルテア65に到着して、9時間後。幻覚を見る。とてもリアルで幻覚と思えず。アルテア65の重力は地球の0・94倍、酸素量は1・25倍。脳が活性化しやすい基本条件ではあるが、幻覚を見る根本の理由とは思えず。

報告を続ける桜木。
電話を続けるマギエル。
別空間の西田家の食卓。

銀河　ごちそうさま。
西田　デザートあるわよ。地球型のブドウが手に入ったの。
銀河　すげっ！　高かったんじゃないの？
西田　栄養のあるもの食べて、大きくなるのよ。

仲井戸とハザに光が当たる。

ハザ　仲井戸大尉。ごめんなさい。私は自分の気持ちを正直に話しただけです。御迷惑になったら忘れて下さい。
仲井戸　いえ、迷惑だなんて……。

と、突然、小さな破裂音がして、上から黄色い花びらが降ってくる。

ハザ　なんです⁉

キリアスが（空中に）現れる。

それは、変装した神崎。

キリアスは（フライングしながら）チラシをまいて、

キリアス　地球連邦軍はアルテア65から出て行け！　アルテア65に基地はいらない！　銀河第12地区最高長官にノーと叫ぼう！　アルテア65をアルテア人の手に！

この瞬間、声は聞こえないが電話をするマギエルは興奮し、桜木は意味不明な動きをする。

銀河はふと、キリアスを思う。西田はデザートをすすめる。

キリアス、去る。

通行人達がニヤニヤとキリアスの花びらとビラを見て、次の会話の間に去る。

西田家も桜木もマギエルも、次の会話の間に去る。

ハザ　今のは!?
仲井戸　なんでもありません。ちょっと頭のおかしい変な奴です。
ハザ　でも、出て行けとかどうとか。
仲井戸　大丈夫。誰も聞いてませんから。
ハザ　（チラシを拾おうとして）なにか配っていましたね。
仲井戸　拾わない方がいい。時間のムダです。誰も拾おうとしてないでしょう。みんな、飽きてるんです。

掃除婦が現れて、キリアスの花びらとチラシを掃除している。

ハザ　そうみたいですね。黄色い花びらみたいなのはなんですか？

仲井戸　キリアスの花びらです。

ハザ　キリアスの花びら……

仲井戸　ちょっと待って下さい。（電話のようなものを出し）仲井戸だ。キリアスが現れた。ああ、センターシティーの第一モールだ。もちろん大丈夫だ。混乱は起こってない。そうだな。こんなに短い期間で現れるのは初めてだな。ああ、長官の訪問に何かやるつもりかもしれない。……そうだな、本気で捜査を開始するか。詳しくは、明日。それじゃあ。（ハザに）これで大丈夫です。さてと……二階堂《にかいどう》さん、（ここまでに舞台は仲井戸とハザの二人だけになる）

ハザ　麻美《あさみ》と呼んで下さい。

仲井戸　……麻美さん。私の家にいらっしゃいませんか？　いえ、美味しいコーヒーでもどうかなと。

ハザ　コーヒーだけですか？

仲井戸　いえ。他にも。

ハザ　他にも。

仲井戸　ええ。他のことも。

ハザ　よろこんで。

仲井戸、ハザ、去りかける。

と、神崎が慌てて登場。キリアスのマスクを外し、コート姿で首から下は分からない。

神崎　おっ、レイさん。偶然ですね。今、騒ぎがあったでしょう。
ハザ　人違いじゃないですか？　私はそんな名前じゃないですけど。
神崎　えっ……知り合いにすごくよく似た人がいたもので。失礼しました。でも、気をつけて下さいよ。キリアスという男を追って、この辺りは殺気だってますから。
仲井戸　そんなバカな。
神崎　えっ？
仲井戸　安心していいよ。キリアスじゃあ、騒ぎは起こらない。それどころか、みんな思わず笑って、この辺りの「なごみ指数」は高くなってるよ。
神崎　「なごみ指数」……。
ハザ　それじゃあ、キリアスって人はなんのために叫んでいるんですか？
仲井戸　コスプレ好きなんじゃないかな。
神崎　地球人には分からなくても、アルテア人はキリアスの戦いを応援しているんじゃないんですか？
仲井戸　そんなアルテア人、会ったことがないなあ。だいいち、地球連邦軍がキリアスを野放しにしているのは、街に笑いとなごみを届けて欲しいからだよ。地球連邦軍が本気になったら、キリアスなんてすぐに捕まるよ。
神崎　そうですかね。キリアスは案外したたかだと思いますけど。
仲井戸　君はキリアスの味方なのかい？
神崎　……もしそうだと言ったら？
仲井戸　唯一のキリアスのファンかもしれないね。（ハザに）さ、行きましょう。

ハザ　はい。

去る、仲井戸と狭間。
神崎、二人を見送り、落ちているビラを拾う。

神崎　あー！　キリアスからのメッセージだ！　なになに、「地球連邦軍はアルテア65から出て行け！」「アルテア65に基地はいらない！」「君もキリアスと共に戦おう！」へー。すごいなあー！

キリアス、周りを見る。
誰も反応していない。

神崎　すごいなー……。キリアスからのメッセージだー……。すごいよなー……。すごいよなー……。

神崎の言葉、力なく終わり、そして、去る。

1・10

仲井戸の自宅。
ベッドに入った仲井戸とハザが登場。仲井戸は呆然としている。

（ベッドから出ると、二人は下着姿）

ハザ　どうかしました？

仲井戸　え。いや、あまりの展開の速さに驚いてるんです。

ハザ　大丈夫ですよ。気にしてませんから。でも、次はもうちょっとゆっくりね。

仲井戸　すみません。すごく久しぶりだったもので、あっと言う間に……いえ、その早いじゃなくて展開が早すぎるなあって。

ハザ　そうですか？　私は初めてモニター越しにお話した時からずっとこの瞬間を待っていましたよ。あ、でも、ご迷惑だったら言って下さい。

仲井戸　いえ、迷惑だなんて。……ありがとうございます。なんだか、元気がでてきました。

ハザ　心配事がおありですね。

仲井戸　えっ？

ハザ　顔に心配事があると太ゴシックで書かれています。話してみませんか？　話すだけでも楽になりますよ。

仲井戸　あ、いえ……。

ハザ　（叩く真似）コンコン。さあ、心の扉を開けて。

仲井戸　……年を取ることと大人になることは、何の関係もないんですよね。

ハザ　そうですか。

仲井戸　……大人と呼ばれる年齢になったのに、どうしてこんなに虚しいんでしょう。

ハザ　虚しい……。

仲井戸　すみません。よく分かりませんよね。自分でも自分の虚しさに驚いてるんですから。
ハザ　でも、とっても虚しいんでしょう。
仲井戸　ええ。
ハザ　そういう時は、虚しさを忘れるために何かに心奪われるのがいいんじゃないですか。
仲井戸　何かって？
ハザ　例えば……私？（半疑問で）
仲井戸　……言いましたね。
ハザ　言いました。言っちゃうのが私なんです。
仲井戸　すごいです。少し虚しさが消えました。
ハザ　よかった。もっとお話しませんか？　それとも、私は？
仲井戸　えっ？……（下半身を見て）あ。
ハザ　いやん。
仲井戸　いやん。
ハザ・仲井戸　とう！

と、ベッドにジャンプ。

明かり落ちる。

1-11

墓場。
夜、月が二つ出る。
神崎が携帯用のディスプレイを見ながら登場。
と、若い男が小さなデバイスに文字を入力しながら登場。

神崎　なんだ、来てたのか？　あれ、ブログ書いてるの？
若い男　（うなずく）
神崎　一回ぐらい、読ませてよ。
若い男　（首を振る。神崎のディスプレイに興味を示す）
神崎　えっ？　これ？　60年前の独立戦争の映像。昔、レイさんがくれたんだ。お祖父《じい》さんも参加したって。……戦争の最期、アルテア人は迎賓館《げいひんかん》に追い詰められたんだ。その時、地球連邦軍の銃声が響くなか、バルコニーに飛び出て演説を始めた人がいるんだ。名前は残ってないんだけど、かっこいいんだ、これが。
「アルテア人の部隊は最後まで勇敢に戦い抜くであろう。だが我々は玉砕の道を選んだのではない。我々の後に必ずや我々以上の勇気ある未来のアルテア人たちが、迎賓館から、いやアルテア65各地から、怒濤《どとう》の進撃を開始するであろうことを固く信じているからこそ、この道を選んだのだ。そうだ、我々はみずから創造的人生を選んだのだ。遠くまで行くんだ。己のために君のために」
……必死で地球連邦軍相手に戦うんだけどさ、もうダメなんだ。もう少しで迎賓館が落ちるっていう時、また、この人はバルコニーから叫ぶんだ。
「我々の闘いは勝利だった。すべてのアルテア人たちよ。我々の闘いは決して終わったのではなく、我々に代わって闘う同志の諸君が、再び迎賓館からの言葉を真に再開する日まで、一時この演説を中止します」
……これが最後の言葉なんだ。もう何百回、いや何千回も見たかなあ。覚えちゃった。かっこいいだろ。あれ、そうでもないって顔してる？

若い男　……。

神崎　まあ、たしかに、迎賓館からの演説が中止になって60年なんだよね。もう、一時中断なんて時間じゃないよね。60年たっても、怒濤の進撃が始まらないんだから、未来のアルテア人を信じて死んじゃった人たちは浮かばれないよね。みんな、遠くまで行くんだって言って、ものすごく遠くまでいっちゃったのかなあ……。

若い男　……。

神崎　でもさ、心の中にぽっかり穴が開いて、ひゅうひゅう音が聞こえる時は、この映像を見るんだよね。そしたら、60年前のアルテア人の表情と叫びが、胸の空洞を埋めてくれるんだ。体中からエネルギーが吹き出て、何かしなきゃっていう気持ちになるんだ。

若い男　……。

神崎、若い男にディスプレイを見せる。

神崎　感じない？　画面が小さすぎるからかな。でも、アルテア人は、間違いなく感動するよ。画面の大きさとか関係なくね。民族に染み込んだ言葉だからさ。もう一回、迎賓館のバルコニーから最期の言葉聞いたりしたら、大変な騒ぎになると思うよ。号泣だね。民族大号泣。

と、アルテア人の老婆1が登場。

老婆1　こんばんは。
神崎　こんばんは。あ、今日は、
老婆1　そうですよ。満月が二つの晩ですよ。
神崎　あ。そうでした。二満月《ふたまんげつ》の夜でした。
老婆1　神崎さんが忘れるなんて珍しい。
神崎　すみません。

と、アルテア人の老爺・老婆2が次々と登場。口々に「こんばんは」。

神崎　それでは、始めましょう。
全員　はい。

神崎、デバイスを操作して、音楽が始まる。

神崎　魂よ。愛しい魂よ。天に昇った愛しい魂よ。どうか降りてきて。どうか永遠を旅して私の側に寄り添って。私は、私達は、あなたの魂を迎え入れ、受け止め、深く深く抱きしめます。

老婆2　神崎さん。

神崎　はい。

老婆2　私は神崎さんの振りが大好きです。

神崎　ありがとうございます。さあ、みなさんで、愛しい魂を迎えましょう。

踊り始める。
神崎も若い男も、老婆も老爺も踊り始める。
ひとしきり踊った後、老婆・老爺達、それぞれに祈り始める。
と、マギエルが驚きの表情で登場。

マギエル　……今のはなんですか？

神崎　首相。こんな時間にどうしたんですか!?

マギエル　考え事をしているうちに、また、来てしまいました。今のはなんです？

神崎　何って、アルテア人の魂を迎える踊りですけど。二満月の夜の。

マギエル　でも、アルテアの振りとは違うでしょう。音楽も。

神崎　すみません。私、アルテアの伝統、よく分からないので、自分で勝手に踊ってたんです。そしたら、気に入ってくれた人達がいて……。

マギエル　あなたは地球人ですか？

神崎　いえ、アルテア人です。

マギエル　でも、

神崎　手術を受けたか、ハーフ・アースか。事情があって、自分でもよく分からないんです。

マギエル　そうですか。惜しいですね。じつに惜しい。

神崎　何がです？

マギエル　この踊りも長官を迎える歓迎式典で、見せたかった。スタジアムに集《つど》う何万という人達に。

神崎　光栄です。でも、この踊りは、見せるものじゃなくて、一緒に踊るものですから。

マギエル　一緒に踊る……そうですね。参加者も共に踊るのがアルテアの文化ですからね。

この会話の間に、祈りの終わった老婆・老爺は静かに去っていく。
若い男は、二人の会話を聞いている。

神崎　そうです。嬉しい時、悲しい時、共に踊るのがアルテアの素晴らしい文化です。

マギエル　ビリー長官も参加してくれたら、その良さが分かるはずなんですが。

神崎　地球人はいいですよ。仲間になんか入れなくて。

マギエル　そうはいきません。地球人と仲良くなることが私の仕事です。

神崎　そんなこと、本当は思ってないでしょう？

マギエル　本気ですよ。歓迎式典の後は、晩餐会《ばんさんかい》も開きます。迎賓館で丁寧にもてなすんです。

神崎　迎賓館って、あの迎賓館ですか？

マギエル　ええ。我が星が誇る歴史的な建物ですね。でも、じつに惜しい。ビリー長官にもぜひ見て欲しかった。

神崎　……晩餐会なら踊れるんじゃないですか？
マギエル　えっ？
神崎　歓迎式典のスタジアムでは踊れないですけど、晩餐会なら。
マギエル　晩餐会で？
神崎　酒宴の最期に踊るのが、アルテアの文化じゃないですか。
マギエル　ええ、まあ。
神崎　踊りながら、長官にも誘いの手を差し伸べましょうか？　それとも、新しい振付にしますか。
　長官が踊りやすい。
マギエル　いえ、でも、そんな前例は、
神崎　長官はきっと喜んでくれますよ。首相、ぜひ、やりましょう。
マギエル　いや、しかし……。

思案するマギエル。
それを見つめる神崎と若い男。
暗転。

2-1

明かりつく。
仲井戸大尉の執務室。
仲井戸がいる。
桜木が入ってくる。

桜木　おはようございます。
仲井戸　早いですね。昨日は大丈夫でしたか？
桜木　ええ、一晩中、意味不明なことを叫び続けて、声が嗄《か》れそうになりました。
仲井戸　あとで西田に喉飴《のどあめ》を届けさせます。
桜木　さっそくなんですが、調査のお願いです。
仲井戸　なんでしょう。
桜木　この星に到着したその日に幻覚を見た兵士を調べて下さい。生体データと遺伝子、当日の行動を分析して、共通点が浮かべば、それが、幻覚の原因だと考えられます。
仲井戸　なるほど。
桜木　アルテア人は幻覚は見ないんですか。

仲井戸　ええ。

桜木　羨《うらや》ましいですね。

仲井戸　その代わり、発作を起こします。

桜木　発作？

仲井戸　特に、地球型に体を改造したアルテア人ほど激しい発作に苦しむようです。

桜木　改造って？

仲井戸　皮膚や髪の色から、地球人との性交・出産が可能な体内構造に変える手術です。

桜木　大変な手術ですね。……それじゃあ、行きます。あ、昨日、一人、記憶を失くしていた兵士がいたので薬で治療しておきました。

仲井戸　記憶が戻ったんですか？

桜木　最新の薬でたいていの記憶喪失は戻ります。

仲井戸　地球を長く離れてると、最新の情報に疎《うと》くなります。

桜木　それでは、調査の件、よろしくお願いします。

桜木、去る。
兵士1が入ってくる。

兵士1　マギエル首相がお見えです。

仲井戸　マギエル首相が？

マギエル、入ってくる。
兵士1、去る。

仲井戸 突然、どうしたんですか?

マギエル お願いがあってやってきました。

見つめるマギエル。
戸惑う仲井戸。
明かり落ちる。

2-2

墓場。
神崎の声が響く。

神崎(声) ちょっと待てー!

明かりつく。

神崎、西田を捕まえて出てくる。
西田の手には、根から掘り起こされた花たち。

神崎　とうとう見つけたぞ！　お前だな！
西田　なんの話よ！
神崎　とぼけるんじゃない！　ずっと墓地の花を盗んでいたのはお前だろう！
西田　違うわよ！
神崎　じゃあ、手に持っているのはなんだよ！
西田　これは、お墓参りに私が持ってきたのよ。
神崎　お墓参りに泥と根っこが付いた花持ってくるのか⁉
西田　私の家の庭に咲いてた花を持ってきたのよ。
神崎　なんで、泥と根っこが付いてるんだよ⁉
西田　エコロジーよ！
神崎　訳の分からないこと言うなよ！　あのなあ、お墓の花は勝手に咲いてるんじゃないんだぞ。墓参りに来る人と降りてくる魂に喜んでもらおうと思って、俺が一生懸命育ててるんだぞ。
西田　だから盗んでないわよ！
神崎　よし。お前の家に行こう。そしたら、庭に抜いた跡があるんだろう。それで信用するよ。さあ、行こう。
西田　遠いわよ。
神崎　いいよ。遠くても。さあ、行こう。
西田　いいわよ……（と、体が震え始める）

神崎　どうした？
西田　（「なんでもないわよ」が、言葉が乱れて、よく分からなくなる）
神崎　お前……アルテア発作か。
西田　（「大丈夫だって」が、言葉が溶けて無茶苦茶になりかける）
神崎　やっぱり、お前、嘘ついてたな。
西田　（「何言ってるの。私は嘘なんかついてないわよ」が無茶苦茶に）
神崎　なんとなく、何言いたいかは分かるぞ。大丈夫か。水でも飲むか？

と、西田、神崎が一瞬、離れたスキに必死で走る。

神崎　あ、こら、待てよ！

去る西田。
追いかける神崎。

2-3

仲井戸の部屋。
ガウン姿の仲井戸が哀しそうにベッドに腰掛けている。

同じくガウン姿のハザが出てくる。

ハザ　お水、飲む？

仲井戸　うん。……ごめんなさい。

ハザ　いいんですよ。気にしないで下さい。

仲井戸　いつの間にか、２日続けて連投のできない体になっていました。

ハザ　大丈夫ですよ。

仲井戸　昨日のダブルヘッダーが原因です。でも、次は医学の力を借りても必ず。

ハザ　疲れてるんでしょう。まだ虚しさは減らない？

仲井戸　えっ？　ううん。違うんだ。仕事のことなんだ。

ハザ　仕事？

仲井戸　じつはかくかくしかじか。

ハザ　晩餐会か。でも、もし、成功したら、仲井戸さんも出世できるんじゃないですか？

仲井戸　でも失敗して長官を怒らせたら、また辺境の星に飛ばされるかもしれないしね。

ハザ　また？

仲井戸　もう二十年近く、ずっと辺境の星ばかり回されてるんだ。

ハザ　でも、その踊りを認めてあげて、成功させたらどうですか？

仲井戸　でもなあ。

仲井戸、水を飲む。

ハザ　ねえ、私も晩餐会で踊れない？

仲井戸、驚きのあまり水を吹き出し、ハザの顔にかかる。

仲井戸　ごめん。麻美さんが、あんまり大胆なこと言うから。

慌ててタオルで拭く、仲井戸。

ハザ　……じつは私、もうアルテア65に来られないんです。
仲井戸　えっ、どういうこと？
ハザ　私、惑星ジゴリアASでずっと事業をしていたんです。でも、失敗して。大変な借金を背負ってるんです。今回の旅行は、最後の贅沢なんです。
仲井戸　麻美さん。そんなこと、一言も。
ハザ　莫大な借金がある女性なんて、相手にしてもらえないと思ったんです。
仲井戸　いくらですか？
ハザ　お恥ずかしいですが、1億クレジット。
仲井戸　1億クレジット!?
ハザ　取引先が倒産して、債権を回収できないまま、引きずられて……だから、仲井戸さんとお会いするのもこれが最後なんです。

仲井戸　麻美さん。
ハザ　だから、私を晩餐会に招待して、踊らせてくれませんか？

考え込む仲井戸。
それを見つめるハザ。
暗転。

2-4

すぐに明かりつき、マギエルと銀河が現れる。
銀河の手には花束。

マギエル　では、いつものように、ここで待っていて下さい。
銀河　はい、お待ちしています。（と、マギエルに花束を渡す）
マギエル　……明日で終わりですね。
銀河　はい。
マギエル　終わった後はどうするんですか？
銀河　まだなにも……。
マギエル　私の私設秘書になりますか。

銀河　私設秘書？
マギエル　まあ、私設秘書といっても雑用係ですが、それでよければ。
銀河　どうしてですか？
マギエル　どうして？……君は有能だと思ったからです。
銀河　僕がハーフ・アースだから同情してですか？
マギエル　君はハーフ・アースだから差別されてきましたか？
銀河　なかったと言ったら嘘になります。
マギエル　そうですか。アルテア65は嫌いですか？
銀河　……首相は、キリアスのことをどう思いますか？
マギエル　キリアスって、たまに現れるキリアスですか？
銀河　はい。キリアスは何を戦ってるんでしょうか？
マギエル　この星の最終問題は地球連邦政府が決める。それが、キリアスには許せないんでしょう。
銀河　首相は許せるんですか？
マギエル　地球連邦軍がこの星からいなくなって、もし、アートン星人が責めてきたら、我々は滅びます。許せるとか許せないとかの問題ではありません。
銀河　だから、地球連邦政府の言うことを聞くんですか？
マギエル　そうです。
銀河　（強く）それでいいんですか？
マギエル　2年以上前ですか。キリアスが少しもてはやされた頃のことを覚えていますか？「地球連邦軍はアルテアから出て行け！」と叫んだ時、民衆は代わりの答えをキリアスに求めたんです。

別空間に、キリアスとアルテア人が現れる。

アルテア人1　キリアス！　地球連邦軍を追い出して、私達はどうしたらいいんですか⁉

アルテア人2　どうしたらアートン星人と戦えるんですか？

アルテア人3　基地がなくなったらどこで働くんですか？

キリアス　……がんばるんだよ。

アルテア人1　どうやって生活するんですか？

キリアス　がんばるんだよ。

アルテア人2　どうやってお金をかせぐんですか？

キリアス　がんばるんだよ。

アルテア人3　だから、どうやってがんばるんですか？

キリアス　がんばるんだよ。

アルテア人1・2・3　がんばってもダメだったらどうするんですか？

キリアス　もっとがんばるんだよ。

あきれて去っていく人々。

戸惑い、去るキリアス。

マギエル　あれ以来、人々はキリアスに期待することをやめました。キリアスは、不可能を語ったからです。

銀河　じゃあ、首相はキリアスのことをどう思うんですか？
マギエル　彼は残念ながら、この星の人達のことを誤解しています。
銀河　誤解？
マギエル　地球連邦政府の決定を押しつけられたり、アルテアのやり方を否定されたりしたら、人々は怒り、そして絶望すると彼は思っています。
銀河　違うんですか？
マギエル　人々は絶望しません。ただ、諦めるんです。絶望すれば、怒りのエネルギーは何かを産みます。でも、諦めれば、ただうずくまるだけです。
銀河　……。
マギエル　君はハーフ・アースとして差別された時、絶望しましたか？　それとも諦めましたか。
銀河　……。
マギエル　ほとんどの人は絶望しないんです。ただ諦めます。
銀河　……。
マギエル　それでは祈ってきます。
銀河　はい。

去るマギエル。
銀河、見送り、そして去る。

2-5

桜木の部屋。
桜木が地球と通信している。

桜木 アルテア65に到着した兵士のうち、その日に幻覚を見た者は、5名。ですが、現時点ではなんの共通点も発見できていません。あ、これは今日、気付いたことなんですが、一日中室内にいると幻覚を見る回数が減ります。外出すると、その後、数時間、激しく幻覚を見ます。
声 アルテア65の大気と関係があるということかな?
桜木 かもしれません。外気中に含まれる何かか、それとも、アルテアの太陽や月からくる光線の中の何かか。

と、すぐに、制服姿の仲井戸が入ってくる。

仲井戸 真希! やっぱり、俺はお前のことが忘れられない! もう一回、結婚してくれ! 真希!
桜木 うるさい!(意味不明)
仲井戸 (フリーズする)
仲井戸 ……け、け、けっこん………こっけん……こけこっこん……
桜木 出て行け!

仲井戸、壊れたように去る。

桜木　しっこい幻覚。（去った方向に向かって）あたしは、本当になんとも思ってないんだからねっ！　なんで、出てくるわけ⁉　だったら、地球に残したダンナか子供の幻覚見せてよ！

声　どうした？

桜木　いえ。ちょっと幻覚と戦ってました。

声　幻覚と？　どんな幻覚だ？

桜木　幸福な幻覚を見たいのに、残念な幻覚だけが現れます。

声　しょうがないだろう。ほとんどの人間は、幸福に鈍感で不幸に敏感だからな。

桜木　そうですね。

声　あと4日だ。長官が到着する48時間前には結論を出すように。

桜木　分かっています。

声　ここら辺りで、桜木君本来の力を見たいものだな。

桜木　私は、全力を尽くすだけです。

声　次の報告を待っている。

桜木　はい。

桜木、通信を終わり、去る。

3-1

仲井戸が電話をしながら登場。

仲井戸　そうだ。「キリアスの花を探し、見つけしだい破棄せよ」という命令だ。ビリー長官が来られるまでに、この星のすべてのキリアスの花を見つけ出せ！　山奥や草原を探せ。一般家庭の庭やバルコニーも見逃すな。そこに怪しい奴がいたら、そいつが、キリアスだ。ただし、手荒にやるなよ。キリアスの存在は都合のいい、ガス抜き効果もあるんだ。

兵士1が登場。
そこはスタジオになる。

兵士1　マギエル首相をご案内しました。
仲井戸　入ってもらえ。
兵士1　どうぞ。

兵士1、マギエルを導き、自分は去る。
マギエル、いかにも「踊りますよ！」という派手でダサイ格好をしている。

マギエル　こんばんは、遅くなりました。
仲井戸　なんですか、その格好は⁉
マギエル　言ったでしょう。私は踊りが大好きだって。
仲井戸　それがアルテアの文化ですか？
マギエル　いえ、これは、私の趣味です！（周りを見て）いいスタジオじゃないですか。
仲井戸　兵士の娯楽用です。５日間、ここを使いましょう。
マギエル　感謝します。
仲井戸　いえ、地球連邦政府も少しは気が引けたんでしょう。アルテアのダンスを取り消したんですから。ただし、ビリー長官が踊られるかどうかは分かりませんよ。
マギエル　分かっています。とにかくアルテア人の代表である私が踊りますから。
仲井戸　それで、どういう手順で？
マギエル　まずは振付の先生です。一緒に来てもらいました。神崎先生！　お願いします！

神崎、笑ってしまうぐらい派手でゴージャスなダンスコスチュームで登場。

神崎　呼ばれて、飛び出て、シャラララン、ポワントにフレックス！
仲井戸　……。
マギエル　神崎さんです。
神崎　（ポーズを決めながら）ハイ！　アイム、神崎・ラムール・英人！

仲井戸　地球連邦政軍アルテア地区副主幹仲井戸大尉です。
神崎　よろすこ！
仲井戸　本当にうまくいきますか？
マギエル　大丈夫です。神崎さんの踊りには、地球とアルテアの文化が溶け合っています。
仲井戸　そうですか。それで、メンバーはどうしたらいいですか？
マギエル　（神崎に）どうしますか？
神崎　二人じゃ、ツウー、スモールね。アットリースト、オーバーファイブはニード、オーケー？
仲井戸　どこの人ですか？
マギエル　踊りの好きな人を集めたらいいと思うんです。地球人とアルテア人と両方。それが友好の印です。
仲井戸　なるほど。じつは、一人、どうしても踊りたいっていう地球人がいるんですよ。紹介していいですか？
マギエル　え？　誰ですか？
仲井戸　二階堂さん！　どうぞ！

ハザ、品のいいダンスウエアで登場。

ハザ　こんばんは。
仲井戸　二階堂麻美さんです。
ハザ　麻美と呼んで下さい。
マギエル　あなたは、たしか……。

ハザ　首相。私のことを覚えて下さっていたんですか？
仲井戸　お知り合いですか？
ハザ　一度、共同墓地でお会いしたことがあるんです。その節は失礼しました。
マギエル　あ、いえ。
仲井戸　彼女を参加させてもらっていいですか？
マギエル　私はかまいませんが、神崎さん、いかがですか？
神崎　……オウ！　踊れるかどうか、それがインポータントね。
ハザ　がんばります。
マギエル　じゃあ、時間もないので、さっそくやりますか。（外に）銀河！　お願い！

銀河、入ってくる。

銀河　はい。

手には、音楽を流すデバイス。

マギエル　今日から私設秘書になりました、西田銀河です。
仲井戸　ああ、君は。
銀河　はい。よろしくお願いします。
マギエル　（神崎に）じゃあ、曲流しますか。

神崎　オウ。じゃあ、ミュージックで、ユーたち、ダンスのレベル、ワッチね。ノットオーディション、振付のためのチェックね。
仲井戸　その言い方、もうやめた方がよくないか？
神崎　フーズゴナ一番《いちばん》？
マギエル　では、私が手本を見せましょう。音楽、スタ－ット！

銀河がデバイスを操作して、音楽がかかる。
マギエル、見事に踊るかと思ったら、かなりぎこちない。

神崎　ストッピ！　ミュージック、ストッピ！……踊り、ナメてる？
マギエル　え？　私、踊り、大好きですけど。
神崎　……それじゃあ、基礎レッスンから始めましょう。地道に粘り強く、一歩一歩進みましょう。
マギエル　そうですか？　基礎レッスン、必要かなあ。
神崎　首相じゃなかったら、蹴りを入れてる所です。
仲井戸　やっぱり、この計画、無謀なんじゃ……。
神崎　折れない心！　ダンスレッスンで一番大切なことです。さあ、がんばりましょう！

レッスンが始まる。
神崎、マギエル、ハザ、踊りながら去る。
仲井戸はそのままついて去る。

銀河が残る。

3-2

西田が登場。
そこは、花壇の近く。

西田　ほんとに踊ってるの？
銀河　ああ。これから毎日、仕事が終わった後に一時間練習するって。
西田　首相はヤケになってるわけじゃないよね。
銀河　すごく真剣だよ。

と、マギエル、登場。
コートを手に持っている。

マギエル　では、帰りましょう。
西田　マギエル首相、銀河の母でございます。このたびは、息子を私設秘書にして下さってありがとうございます。表面はチャラチャラしてますけど、根は真面目でいい男ですから。
銀河　おふくろ！

マギエル　分かってますよ。それでは、失礼します。
銀河　はい。運転手さん、呼びます。

マギエルと銀河、去る。
西田、深く敬礼しながらついていく。

西田　へへーっ！

別空間に、汗を拭いているハザが登場。（スタジオ）
そこに、神崎。

神崎　レイさん、どういうつもりなんですか？
ハザ　神崎君こそ、どういうつもり？　ダンスの先生ってなに？
神崎　僕は、（辺りを伺って）キリアスの計画に参加してるんです。
ハザ　キリアスって、あのコスプレのお笑いの人？　誰かを笑わすの？
神崎　違いますよ。この星の運命を変える大計画です。手伝ってくれませんか。相棒が必要なんです。
ハザ　ダメよ。私は私の計画で手一杯なんだから。
神崎　なんですか？　仲井戸大尉がターゲットなんですか？
ハザ　そうよ。ここじゃあ、麻美って呼んでよ。
神崎　いつ帰ってくるんですか？

ハザ　もう宿舎に戻らないから。今度、バッグ、取りにいくわ。
神崎　そんな、

と、仲井戸が登場。

仲井戸　麻美さん、帰りましょうか？
ハザ　はい。神崎先生、明日もよろしくお願いします。
仲井戸　さっきから、ずっと気になってたんだけど、どこかで会ってない？
神崎　さあ、アイドンノウですねー。
仲井戸　そっか。アイドンノウかあー。
ハザ　それじゃ。

去るハザと仲井戸。
複雑な顔の神崎、去る。

3-3

墓場。
マギエルと銀河が現れる。

銀河は手に花束。

銀河　踊り、うまくいくといいですね。

マギエル　銀河、じつはこの服、とても踊りづらい。

（上演では、マギエル役の小須田は、この時、プレスリーのように、腕に1・5メートルほどのムダに長いヒラヒラがびしーっとついた服を着ていました）

銀河　……そうですか。

マギエル　なおかつ、このヒラヒラがじゃまで、コートが着られません。

（実際、ヒラヒラが長くて、コートの腕に通すことができなかったのだ）

銀河　……だったら、やめた方がいいんじゃないですか？

マギエル　そうだな……銀河は好きな人はいますか？

銀河　えっ？　なんですか、突然。

マギエル　恋人ですよ。いますか？

銀河　いえ。いません。

マギエル　どうして？

銀河　どうして？……恋人を作る余裕なんてないですから。

マギエル　つきあったことはありますか？

銀河　まあ。でも、振られました。

マギエル　どうして？

銀河　僕が僕自身のことを分からないのに、恋人の気持ちを考える余裕はなかったんです。

マギエル　銀河は自分のことが分からないんですね。

銀河　ええ。自分が本当は何がしたくて、何に向いてるのか。まったく分かりません。

マギエル　そうですか。

銀河　……あきらめも絶望もしない人は、死を選ぶしかないんでしょうか。

マギエル　えっ。

銀河　一昨日《おととい》の夢の話、首相、覚えてらっしゃいますか？　僕が寝てて、秘書の方に怒られた……

マギエル　ええ。たしか、地球のお葬式の夢でしょう。小説を読み始める……

銀河　『希望という名の惑星』。あの夢、遺伝子のせいではなくて、地球人が書いたブログを覚えてたんです。ずいぶん昔の。たぶん、書いた人はもう死んでいると思います。

マギエル　死んでいる……。

銀河　ずっと更新が止まってるんです。偶然たどり着いたんですけど、ブログもアーカイブの小説もキラキラしてて、なんか惹かれるんです。未来が分からないことは、不安じゃなくて希望だ、なんて書いてるんです。

マギエル　なるほど。

銀河　そんな考え方もあるのかなあって。……首相は自分の気持ちが分からないってことはないですか？

マギエル　私は自分の気持ちが分かりすぎて痛いですよ。
銀河　えっ？
マギエル　（花束に手を伸ばし）祈ってきます。いつものにように、
銀河　離れてます。大丈夫です。

去るマギエル。
見つめる銀河。やがて、去る。
別空間に、帰ろうとしている仲井戸とハザが現れる。
と、西田が出てくる。

西田　仲井戸大尉。お疲れさまです。冷たい飲み物を御用意してますけど、いかがですか？
仲井戸　ありがとう。でも、今日はもう帰るから。
ハザ　このまま、家に帰って、冷たいビールをカーッとやるのがいいのよね。
仲井戸　そうだな。それじゃ。

仲井戸、ハザ、去る。
見つめる西田。やがて、去る。

4-1

桜木がパソコンの作業をしている。かなり疲れている様子。
仲井戸が登場。

仲井戸　おはようございます！
桜木　（呆れたように）また、出てくるの⁉
仲井戸　えっ？
桜木　いいこと？　こっちは時間がないの。長官がくる前に、この星に価値があるかどうか、決めないといけないんだから。もう、とっと（意味不明！）
仲井戸　桜木さん、どういうことです？
桜木　だから、（意味不明！）
仲井戸　いや、僕は幻覚じゃない。
桜木　（口調を真似して）「いや、僕は幻覚じゃない」。もうオヤジギャグは勘弁してよ。（意味不明！）
仲井戸　だから、幻覚じゃない。
桜木　……。（ガラッと態度を変えて）おはようございます。仲井戸大尉。さあ、今日も張り切って仕事しましょう！
仲井戸　遅い。

桜木　えっ？

仲井戸　今頃誤魔化しても、もう遅い。どういう意味です？　この星に価値があるかどうか決めるって。

桜木　そんなこと言った？

仲井戸　言った。

桜木　仲井戸大尉。意味不明なことして。

仲井戸　どうして？

桜木　いいから。

仲井戸　（意味不明！）

桜木　（フリーズする）

仲井戸　桜木さん？

桜木　……わた、わたしは、あな、あなたが、ミテイル、幻覚、ゲンカクなのよ、ワタシは、ゲンカク……

桜木、そう言いながら、去ろうとする。
仲井戸、回り込んで黙って桜木の頭を叩く。

桜木　いて。

仲井戸　……。

桜木　……ワタ、ワタシハ、アナタのミテイル幻覚……

仲井戸、また叩く。

桜木　いて。

仲井戸　幻覚は痛がらない。

仲井戸、もう一回叩こうとする。

桜木　分かったから。話すから。暴力はやめて。

別空間に、神崎と若い男が登場。そこは、墓場。
神崎はホウキを持って、踊っている。そばに若い男。

神崎　うん、順調だよ。あと4日で、いよいよ迎賓館だ。あ、もちろん、ブログに書いてないよね。絶対ダメだからね。でも、成功したら一杯、書いてね。

若い男　（微笑み、うなずく）

神崎　ねえ、バルコニーに立ったらどんな気持ちがすると思う？　なんか、心臓バクバクして何にも言えなかったりして。大丈夫だよ。大丈夫。こうやってさ、（と仮面をつける格好）さっと、つけてさ。……当日、バルコニー、テレビ中継するんだって。長官と首相が演説する予定なんだ。その前にこっちが演説だよ。この星全体どころか銀河に流れるんだ。そりゃもう、大騒ぎさ。この星が嫌で、飛び出した人も演説聞いて戻ってくるんじゃない？　この星の新しい時代が始まるんだ。えっ？　じゃまされないでどうやって演説を続けるかって？　そうなんだよ。それが大問題なんだよ。レイさん、ひどいんだぜ。話、聞いてくれるかい？

去る、二人。

仲井戸と桜木に明かりが戻る。

桜木　……地球連邦政府は、この星を手放そうとしています。

仲井戸　え⁉

桜木　アートン星人との政治取引です。お互いの辺境領域を整理するために、取引する星を捜しています。地球連邦政府は、アルテア65を手放すことで、変わりに銀河第28地区の『ドルシダK5《ケイファイヴ》』を手に入れようと計画しています。

仲井戸　それで？

桜木　私の仕事は、この星がどれぐらいの価値があるかを調べることです。

仲井戸　どうやって？

桜木　自殺率の高さが、この星を手放す理由です。でももし、自殺の理由、つまり幻覚の理由とその解決法が分かれば、この星は、取引リストから外されます。

仲井戸　でも、今まで、何十人もの研究者が解明できなかったのに。

桜木　私が最後のチャンスです。

仲井戸　……期限は？

桜木　長官がいらっしゃる48時間前です。

仲井戸　48時間前って、あと2日あるかないか、ですよ。

桜木　だから焦ってるんです。
仲井戸　そんな……。
桜木　激しい幻覚を見た直後の兵士の血液から微量の地球外物質が見つかりました。それが何か、現在、分析中ですが一致するデータがありません。
仲井戸　ちょっと連邦政府のやり方は汚いんじゃないですか？　この星の住民は生きてるんですよ。ただの商品とは違うんだ。
桜木　ここは最低の星なんでしょう？
仲井戸　それは……
桜木　あと2日間、私はベストを尽くすだけです。

作業に戻る桜木。
それを見る仲井戸。
暗転。

4-2

スタジオ。
神崎が踊りの格好で登場。

神崎　ハロー！　エブリバディー！　今日も張り切ってレッツゴー！

音楽と共に、マギエル、ハザがステップを踏んで登場。仲井戸と銀河はそれを見ながら、登場。
（マギエルの衣裳の腕のヒラヒラは、20センチほどの短さに切られている）

神崎　ストッピ！　ミュージック、ストッピ！……どうも、パンチがナッシングね。もうちょっと、メンバーがニードよ！
ハザ　仲井戸さん。麻美、仲井戸さんが踊っている所を見てみたい。
仲井戸　麻美さん、何言ってるんですか。
マギエル　なるほど。名案です。私と地球連邦軍のアルテア地区ナンバー2が踊れば、ビリー長官も踊りやすくなります。
仲井戸　冗談じゃないですよ。
マギエル　じゃあ、アルテア地区ナンバー1のニック大佐に頼みましょうか。
仲井戸　そんなことしたら、この企画自体がなくなると思いますよ。
神崎　どうだ。いっちょ、恥かいてみるか？
仲井戸　おい！

と、西田が花をいけた花瓶を持って入ってくる。

西田　お疲れさまです！　冷たい飲み物を御用意しました。

仲井戸　ああ。ありがとう。

西田　あと、スタジオ、殺風景だと思うんで、花、飾りますね。

神崎と西田、目が合う。

驚く二人。

神崎　……綺麗な花ですね。どこで？

西田　ええ。メインベースの花壇で。

神崎　花壇で……。

仲井戸　西田です。彼女の花のセンスは抜群で、いつも素敵な花を選んでくれるんですよ。

神崎　花壇の花は、花屋さんから仕入れるんですか？

西田　え、ええ。……それじゃあ、失礼します。がんばって下さい。

西田、花瓶を仲井戸に押しつけて急いで去る。

神崎　(仲井戸に)花屋さんの名前、彼女に聞けば分かりますか？　僕も覗いてみたいんで。

仲井戸　えっ？　ああ。西田に聞いて下さい。いつも庶務課にいますから。

神崎　分かりました。それじゃあ、基礎レッスンからいきますか。

仲井戸　……普通にしゃべれるんじゃないか。

神崎　オウ、イエース！

神崎以外は踊りながら去る。
（仲井戸と銀河は、それについていく）

4-3

働いている西田が出てくる。そこは花壇の近く。

神崎　まさか、こんな所にいたとはね。
西田　なんの話ですか？
神崎　とぼけなくてもいいよ。今、メインベース、ぐるっと回ってきたよ。まあ、うちの墓地から引っこ抜いた花がたくさんあること。
西田　違いますよ。
神崎　花見ながら、ピンと来たよ。うまい方法考えたよな。うちから盗んで、帳簿上は花屋から仕入れたことにしてるんだろう。それ、犯罪だぜ。知ってるかい？　業務上横領っていう、とっても重大な犯罪だ。
西田　デタラメ言わないで！
神崎　花屋さんの連絡先、教えてくれるかな。
西田　えっ？
神崎　今から、問い合わせるから。いや、俺がやらなくてもいいのか。どこに言えばいい？　あんたの上司？　警察？　それとも仲井戸大尉？

西田　やめて。

西田の体が震え始める。

西田　（「そんなことないから。私は無実だから」という言葉が無茶苦茶で出てくる）

神崎　発作が終わるまで、ゆっくり待つよ。

西田　（まともな言葉に戻りながら）……にょうするつもりなの？

神崎　バラされたくなかったら、俺のいうことを聞け。

西田　えっ。（はっと、両手で胸と局部を隠す）

神崎　違うよ！　全然、違うよ！　お前の想像力は凄過ぎるぞ！　世の中における自分の立ち位置を理解しろ！

西田　そこまで言う？

神崎　そんなことじゃない！

西田　じゃあ……。

神崎　バラされたくなかったら、黙って聞け。

神崎、こっちに来いと指示。

西田、困惑しながら付いて去る。

4-4

ガウン姿の仲井戸が電話しながら登場。
仲井戸の部屋。

仲井戸　そうですか。今日も手がかりなしですか。分かりました。でも、ちゃんと寝た方がいいですよ。はい。それじゃあ、何か分かったらいつでも連絡して下さい。

同じくガウン姿のハザが登場。

ハザ　コーヒーか何か飲む？
仲井戸　ああ。ありがとう。……晩餐会の踊り、うまくいくかな？
ハザ　いくんじゃない。仲井戸さんの踊り、首相よりは素敵だったわよ。
仲井戸　ありがとう……麻美。
ハザ　なに？
仲井戸　これ。（とカードを渡す）
ハザ　なに？
仲井戸　使ってよ。借金の帳消しに。
ハザ　……いいの？

仲井戸　君と新しい生活を始めようと思うんだ。
ハザ　えっ？
仲井戸　結婚してくれるか。
ハザ　うれしいっ！（と抱きつく）
仲井戸　ちょっ、ちょっと待ってね。今、ネットで医学の力を注文しているから。明日には手に入るから。
ハザ　いいのよ、そんなこと。とにかく、嬉しいの。隆ちゃん、ありがとう！
仲井戸　君は僕の人生を変えてくれた。
ハザ　隆ちゃん。
仲井戸　昔、新人の女性兵士と火遊びをしてね。彼女は連邦本部のお偉いさんの娘だったんだ。僕は結婚していたから、それ以来、どんなに仕事をしても辺境にしか回されない。
ハザ　そうだったの……。
仲井戸　エリートってのは本当に執念深いんだ。……でも、もう一回、人生を愛してもいいって思える時が来るとは思わなかった。麻美、本当にありがとう。
ハザ　新居はここ？　それとも、引っ越す？
仲井戸　晩餐会の後に決めよう。
ハザ　そう？
仲井戸　生活が変わるかもしれない。
ハザ　うん。いい方向だといいね。
仲井戸　絶対にそうするさ。
ハザ　隆ちゃん。（と抱きしめようとする）

仲井戸　だから、今日はダメね。明日、医学の力が助けてくれるから。

ハザ、仲井戸の左の耳に息を吹きかける。

仲井戸　！　そこは……。

仲井戸、快感に崩れ落ちる。
暗転。

4-5

すぐに明かりついて、マギエルと銀河。
墓場。
銀河は手に花束を持ち、マギエルは踊りを軽く復習している。

マギエル　銀河、ここからどうだっけ？
銀河　そこで、右手をあげて、足をかけてターンですよ。
マギエル　こうか？
銀河　違いますよ。反対の足が前です。

マギエル　そうだっけ？
銀河　そうですよ。そこで、顔がこっちです。
マギエル　どっち？
銀河　だから、こうですよ。

銀河、自分で踊る。

マギエル　いいなあ。銀河、うまいじゃないか。
銀河　首相が下手すぎるんですよ。
マギエル　そんな……。
銀河　そんなに分かりやすく傷つかないで下さい。
マギエル　ううん。傷ついた。立ち直れないかもしれない。
銀河　首相。
マギエル　もうだめ。晩餐会、中止。
銀河　ごめんなさい。口が滑りました。
マギエル　口が滑ったって、やっぱり、下手ってことじゃないか。
銀河　そんなことないです。僕、首相の踊り、好きです。
マギエル　わざとらしい。
銀河　ほんとですよ。味があって、オリジナルで、スペシャルです。
マギエル　それ、ほめてるか？

銀河　もちろんですよ。
マギエル　晩餐会、やっぱりやるか。
銀河　はい。
マギエル　でも、銀河、本当に踊り、うまいぞ。
銀河　僕は子供の頃、母親に習わされたんです。
マギエル　ダンスをか？
銀河　ダンスだけじゃなくて、ピアノ、ソロバン、書道、水泳、野球、公文《くもん》、地球の文化は全部。
マギエル　すごいな。
銀河　すみません。母親は僕を地球人にしたかったんです。
マギエル　謝ることはないよ。では、祈りに行ってくる。

マギエル、花束を手にとる。

銀河　はい。
マギエル　時間かかるかもしれんぞ。お墓の前で振付、確認するから。
銀河　分かりました。

マギエル、去る。
見送る銀河、去る。

5-1

音楽がかかる。

ダンス衣裳姿の神崎が登場し、踊り始める。

すぐに、マギエル、ハザ、仲井戸も参加。仲井戸はトレーニングウェア姿。それを見ている銀河。

と、西田が、ド派手でカラフルな「踊ります！」の格好で登場。ダンスの輪に入る。

銀河、驚いてデバイスを操作して、音楽を切る。

銀河　おふくろ！
仲井戸　西田！
西田　今日からみなさんのチームに入ることになりました、西田ダグノです。あと3日間で本番ですが、一生懸命やりますので、よろしくお願いします。
仲井戸　西田、どうしたんだ？
西田　もう踊りたくて踊りたくて。
マギエル　（神崎に）いいんですか？
神崎　どうしても踊りたいって申し込まれたんです。踊って、花になりたいんだそうです。
仲井戸　西田は園芸担当だからな。
神崎　みなさんに異論がないなら、続けましょう。

マギエル　待って下さい。どうせ、賑やかにするのなら、銀河、君も参加しないか。
銀河　僕ですか⁉
マギエル　銀河の踊り、なかなかいいんです。私に優るとも劣らない水準です。
ハザ　それは問題ねえ。
マギエル　いいな。銀河。
銀河　でも、僕が晩餐会に出るのはいろいろと問題が、
西田　あの、マギエル首相、
マギエル　アルテア人と地球人だけではなく、ハーフ・アースが踊ることに意味があるんです。新しい時代の象徴です。
仲井戸　そうですね。それはいい。
神崎　それじゃあ、やってみましょう。音楽、ス（タート）。

と、桜木が飛び込んで来る。

桜木　西田さん。至急調べてもらいたいデータがあるの。
西田　はい、すぐにやります。
桜木　ごめんなさいね。連絡がつかなかったから、ここまで来ました。
西田　いえ、アシスタントのくせに踊ろうとしている私が悪いんです。
仲井戸　桜木さん。私達も遊んでいるわけではないんです。
桜木　ええ。そう思い込むことにします。

と、言いながら、桜木、神崎を見る。

桜木　！

神崎　なにか？

桜木、驚いた顔のまま神崎に近づき、いきなり、

桜木　（意味不明）！

仲井戸　……桜木さん？

桜木　（意味不明！）

神崎　あの……

仲井戸　桜木さん、彼は幻覚じゃないですよ。みんな、彼が見えてますから。

桜木　複数の人間が目撃する共同幻覚かもしれません。（意味不明！）

マギエル　アルテア人にも見えてますよ。

桜木　えっ？　見えてる？

西田　ええ。神崎さんです。大丈夫ですか？　桜木さんも発作持ちなんですね。

桜木　幻覚じゃない？　そんな……どういうこと⁉

神崎　こんにちは。神崎・ラムール・英人です。

桜木　……何人《なにじん》ですか？

神崎　いろんな説があります。
桜木　……私の顔、見たことないですか？
神崎　あなたの顔？
桜木　私、桜木真希と言います。
神崎　そうですか。ハロー、ラブリー。
桜木　まったく記憶にないですか？
神崎　はい。あなたは記憶にあるんですか？
桜木　……いえ。いいんです。それじゃあ。

桜木、去ろうとする。

西田　あ、なんのデータですか？
桜木　……。
西田　桜木さん、いいんですか？

桜木、呆然としたまま去る。

神崎　じゃあ、振りの確認からいきますよ。長官の度肝抜くような踊りを見せるんですからね！
全員　（それぞれに）はい！
神崎　音楽、スタート！

音楽がかかる。
ハザ以外、全員、踊りながら去る。

5-2

桜木が呆然としたまま登場。
スタジオ外の廊下。

ハザ　あの、もし、あなた神崎君の知り合い？
桜木　あなたは？
ハザ　6年前、墓地で神崎君を拾った人間です。
桜木　拾った？
ハザ　神崎君、記憶を失くしています。神崎っていう名前も、私が姓名判断で適当につけたんです。
桜木　えっ。
ハザ　神崎君、誰かに似てるの？
桜木　ええ……。
ハザ　ひょっとしたらその人かもしれないわよ。神崎君を助けられるのは、あなたかもしれない！
桜木　あなたは？

ハザ　私はただの善意溢れる通りすがりの人間です。では。

ハザ、さっと去る。
考え込む桜木、去る。

5-3

墓場。
マギエルと銀河。
銀河は手に花束。

マギエル　楽しそうだったじゃないか。
銀河　やめて下さいよ。
マギエル　じつに生き生きした顔だったよ。
銀河　そんな……。
マギエル　楽しくなかったかい？
銀河　いえ、楽しかったです。
マギエル　自分の小さな気持ちに正直になることが、本当の自分を見つけていくことだと思うよ。
銀河　はい。ありがとうございます。

マギエル　銀河。
銀河　はい。
マギエル　私とつきあってくれないか。
銀河　つきあってますよ。というか、毎日、一緒じゃないですか。
マギエル　そうじゃなくて、つきあってくれないか。
銀河　えっ。
マギエル　私とつきあってくれないか。
銀河　……。

銀河、思わず、一歩離れる。

銀河　つきあうって……
マギエル　そうだ。
銀河　冗談でしょう。
マギエル　冗談でこんなことは言わない。
銀河　だって、首相には、奥さんも子供も、
マギエル　好きなんだ。
銀河　……。
マギエル　すまない。お前を苦しめるつもりはなかったんだ。諦めよう。絶対に口に出すのはやめようと決めていたんだ。でも、今日、お前の楽しそうな顔を見ていたら、もう、これ以上、黙ってい

られなくて……許してくれ。

銀河　……私設秘書に採用されたのは、そういうことですか？

マギエル　違う。それは違う。銀河は有能なのに仕事に恵まれてないと思ったからだ。ただの私情で雇ったんじゃない。銀河の未来を共に創りたいと思ったんだ。

銀河　……そうですか。

マギエル　どんな言い方をしても、セクハラやパワハラになることは分かってる。本当にすまない。でも、どうしても諦めきれないんだ。

銀河　……。

マギエル　銀河、私とつきあってくれないか。

銀河　……考えさせてくれませんか。

マギエル　分かった。……祈ってくる。今日は先に帰れ。タクシーを呼べばいい。

銀河　え、はい。

マギエル、銀河から花束を取り、去る。

銀河、動けない。

と、西田が、野良仕事のようなほおかぶりをして、大きな袋を抱えて、訳の分からない鼻唄のようなものを歌いながら登場。

西田　（鼻唄）

銀河　！　おふくろ！

西田　銀河！　あんた、なんでここにいるのよ。
銀河　首相の付き添いだよ。おふくろこそ、なんで墓場にいるんだよ。
西田　あたしは、だから……
銀河　だから？

と、神崎が同じく大きな袋を持って登場。

神崎　さあ、急いでくれよ。まだまだ、あるんだからな。
銀河　神崎さん。どうしてここに？
神崎　えっ……いや、ここは私が管理している墓場だから。
銀河　その袋はなんです？
神崎　えっ……これは、だから……振付の特訓と交換に、ゴミ集めを手伝ってもらってるんだよ。枯れ葉とか。ねえ。
西田　そうそう。枯れ葉。ゴミ。振付の特訓。うん、うん。じゃあ、神崎さん、お願いします！
神崎　それじゃあ、始めよう。
西田　はい！　銀河、かあちゃん、恥ずかしいから、どっか行きなさい。
銀河　えっ……はい。

銀河、去る。
西田、深い溜め息。

西田 やっぱり、私、できません。もうちょっとで発作が起きかけました。
神崎 我慢してくれ。これはすべて、アルテア人のためなんだ。
西田 どういうことです？
神崎 この星を地球連邦政府から取り戻すんだよ。
西田 どうして？
神崎 どうしてって、地球連邦政府の言いなりでいいのか？
西田 いいんじゃないの？　私、地球、好きだし。
神崎 アルテア人としての誇りはないのか？
西田 どんな誇り？　何を自慢するの？
神崎 アルテアに生まれたことだよ。
西田 生まれただけで自慢できるの？
神崎 アルテアは素晴らしい星じゃないか。
西田 なんか、キリアスみたいなこと言ってます？
神崎 えっ？　なんて言った？
西田 だから、キリアスみたいな
神崎 そうだ。俺は（仮面を出して）キリアスだ。
西田 あ〜。
神崎 ……それだけかよ！　驚けよ！
西田 いや、なんか、そこらへんが落とし所かなって予感してたんだよね。

神崎　落とし所ってなんだよ⁉　さあ、君もキリアスと共にアルテア独立のために戦おう。
西田　やだ。
神崎　仲間にしてやるぞ。
西田　結構です。（袋を差して）これ、どこに運べばいいの？　早く帰って、銀河の食事、作ってやらないといけないのよね。こっち？

西田、袋を持って去り始める。
神崎、その姿を見つめて、袋を持って後を追う。

6-1

桜木がいる。
仲井戸が走り込んでくる。

仲井戸　桜木さん。
桜木　……時間切れです。
仲井戸　そんな……。
桜木　長官がいらっしゃるまで48時間を切りました。原因は分かりませんでした。
仲井戸　まったく手がかりはなしですか？
桜木　血液中に見つかった物質は、組成構造から植物性だと推測できます。これが神経細胞に働きかけている可能性が高いです。
仲井戸　植物性……。
桜木　でも、そこまでです。もし植物性物質だとしても、なんという植物のなんという細胞か。まったく分かりません。
仲井戸　地球には？
桜木　たった今、連絡がきました。ダメだったと報告しました。
仲井戸　じゃあ、どうなるんですか？

桜木　24時間後に、長官の訪問の中止が発表されます。歓迎式典も晩餐会も中止です。
仲井戸　そんな……。
桜木　私にも、地球への帰還命令が24時間後に出ます。それまでに荷物をまとめておくようにと。
仲井戸　そして、アートン星人との取引が発表されるんですか？
桜木　たぶん、一週間前後で。
仲井戸　そんな……。なんとかならないんですか。
桜木　残念ですが……。
仲井戸　あなたはこれで終わりでも、こっちはここで生活してるんです。
桜木　私だって最善を尽くしたんです！

西田が入ってくる。

西田　おはようございます！　あれ、仲井戸大尉、早いじゃないですか。桜木さん、今日は何から？
桜木　今日はいいわ。ちょっと休むから。
西田　えっ。休むんですか？
桜木　ええ。やっとね。
西田　（問いたげに）仲井戸大尉。
仲井戸　失礼します。

去る仲井戸。

立ち尽くす桜木。
不思議そうな西田。
明かり、落ちる。

6-2

墓場。
ホウキで地面を掃いている神崎が登場。
傍には、若い男。

神崎 あと、二日だからね。あと、二日でこの星は変わるんだから。大丈夫だよ。絶対にうまくいくさ。

と、桜木が現れる。

桜木 こんにちは。
神崎 あれ、あなたは……。
桜木 桜木と言います。記憶をなくしていると二階堂さんという女性から聞きました。
神崎 そうですか。
桜木 私は研究者をしています。記憶を取り戻す手助けができるかもしれません。

神崎　え!?

桜木　富樫義久《とがしよしひさ》という名前に心当たりはないですか?

神崎　富樫義久……。どうかなあ……。ないなあ……。

桜木　ようく考えて。

神崎　……富樫義久……ないですねえ。（若い男に）なあ、知ってる?

若い男　……。

神崎　心当たりないよなあ。

桜木　……今、誰に話しかけたんですか?

神崎　あ、すみません。僕の友人なんです。でも、見えないですよね。

桜木　え、ええ……。

神崎　気にしないで下さい。僕は平気ですから。

桜木　……どんな人なんですか?

神崎　どんなって、友達です。

桜木　名前は?

神崎　名前はたぶんないんです。

桜木　ない?

神崎　ええ。

桜木　外見は?

神崎　外見?……ええと、なんて言おう、難しいな、

桜木、ポケットから小さなカード型のパソコンを出す。

神崎 いい男だと思いますよ。……（若い男に）あれ、照れてるの？
桜木 これ、モンタージュソフトです。髪形とか目とか、選んで作ってみて下さい。
神崎 へえ、そんなのがあるんですか。

神崎、受け取って、操作し始める。
若い男も、覗き込む。

桜木 ……いつも友達と一緒なんですか？
神崎 （操作しながら）いつもじゃないです。一人でここにいる時だけかなあ。……そうですね。墓場から出た時は遊びに来てくれませんね。……こんな感じかなあ？

神崎、モンタージュの絵と若い男の顔を比べる。

神崎 うん。だいたいこんな感じ。（桜木に渡して）友達です。

桜木、そのモンタージュを見て、激しく動揺する。

桜木 ……この人がここにいるの？

神崎　……彼を知ってるんですか？
桜木　どうして？
神崎　だって、表情が……。
桜木　そう。彼がここにいるの……。
神崎　彼は誰なんですか？
桜木　橘　伸哉《たちばなのぶや》。
神崎　橘伸哉？……（若い男に）君は橘伸哉なの？
若い男　……。
桜木　そうだって？
神崎　いえ。反応しません。
桜木　反応しない？
神崎　彼は自分でよく分からないことは反応しないんです。
桜木　彼といつも何を話してるの？
神崎　彼は……話さないんです。ただ、そこにいてくれるだけ。
桜木　話さない？
神崎　そう。彼は何も話さない。ただ、側《そば》にいてくれるんです。
桜木　側にいてくれる……そんな……
神崎　どうしたんですか？　大丈夫ですか？　顔色、悪いですよ。なあ。（と若い男を見る）
桜木　そんな……ごめんなさい。

桜木、思わず走り去る。

神崎　あの！……彼女は君のことを知っているのかな？　どうしたんだろう？

神崎、桜木の去った方向を見る。
若い男は神崎を見つめる。
暗転。

6-3

スタジオ。
明かりつく。
ダンス姿のハザがストレッチをしている。
そこに、ダンス姿の西田が入ってくる。

西田　あれ、みなさん、まだですか？
ハザ　マギエル首相は仕事で遅れるみたい。隆ちゃんも連絡ないのよね。どうしたのかな。（指輪型の電話に）もしもし、麻美です。そろそろ、練習始まりますよ。隆ちゃん、今、どこにいるの？

電話を切るハザ。
それを見つめる西田。

西田 ……あんたの目的はなんなの？
ハザ は？　なんですか？
西田 仲井戸大尉の奥様になる人だと思って直接の身辺調査は控えていました。
ハザ そんな奥様だなんて、まだ分かりませんわ……身辺調査？
西田 あんたの声を録音して、声紋検査にかけました。
ハザ 声紋検査？
西田 ここメインベースにはアルテア65に関係する地球人、アルテア人全員の生体データがそろってるんです。あなたは二階堂麻美じゃない。ハザ・レイというアルテア人です。
ハザ なにを言い出すの？
西田 遺伝子チェックする？　すぐに、ハザ・レイだと断定できるから。
ハザ えっ……。
西田 あなたは結婚サギで宇宙全体に指名手配されてます。
ハザ ……どういうこと？　私を調べてどうするの？
西田 開き直るの？
ハザ ねえ、同じアルテア人の女同士なら分かるでしょう。これが最後の本気の恋なの。だから、お願い、見逃して。
西田 冗談でしょ。犯罪者が仲井戸大尉を口説くのを黙って見てろっていうの？

ハザ　どうするの？
西田　決まってるじゃないの。警察に言うのよ。ここに結婚サギで指名手配されてる女がいますよって。
ハザ　晩餐会で踊るメンバーなのよ。大騒ぎになるわよ。
西田　しょうがないでしょう。仲井戸大尉が不幸になるのを見過ごすわけにはいかないわ。
ハザ　……そういうことか。
西田　なによ。
ハザ　あんた、仲井戸大尉に惚れてるんだね。
西田　な、なにを言い出すの。（体が小刻みに震え始める）
ハザ　ほら図星だ。素直な人ねえ。仲井戸大尉のこと、大好きなんだ。
西田　（「そんなこと、ないわよ」が無茶苦茶になり始める）
ハザ　まあ、分かりやすいアルテア発作ね。手術、かなり無理したのね。
西田　（「そんなこと、あんたに言われたくないわよ」が言葉になってない反論）
ハザ　仲井戸大尉と幸せになりたいんでしょう？　だったら、協力してあげるよ。
西田　（言葉が溶けた「え？　どういうこと？」）
ハザ　私は確かに結婚サギ師よ。
西田　（言葉にならない抗議「開き直らないでよ」）
ハザ　だからさ、目当ては仲井戸大尉じゃなくて仲井戸大尉のお金なの。お金が手に入ったら、あとは安全に逃げきることだけなの。ここからがあんたのチャンスよ。
西田　（「何のチャンスよ!?」が無茶苦茶に）
ハザ　私に捨てられて落ち込んだ仲井戸大尉なら、あんたでも、簡単に落とせるよ。

西田　（急に）ほんと？
ハザ　私に捨てられて、落ち込み、傷ついた仲井戸大尉を優しく慰めれば、絶対にあんたに惚れるよ。
西田　……そうかなあ。
ハザ　自信持つのよ！
西田　自信なんて持てたら苦労しないわ。
ハザ　自信は絶対に持てないっていう自信は固いのね。
西田　えっ？
ハザ　仲井戸大尉とセックスしたい？
西田　な、なにを⁉
ハザ　仲井戸大尉が喜ぶやり方、教えてあげるよ。私、自慢じゃないけど、上手いよ。
西田　そんな感じがする。
ハザ　あんた、下手でしょ。
西田　図星過ぎて、反論が浮かばない。
ハザ　だからさ、お願い。黙ってて。このまま、晩餐会まで。
西田　晩餐会まで？　どうして？
ハザ　晩餐会を失敗させるの。
西田　どうして⁉
ハザ　だって、成功したら、仲井戸大尉と結婚しなきゃいけなくなるでしょ。それじゃあ、あんた、困るでしょう。
西田　それで？

ハザ　失敗したら、仲井戸大尉、落ち込むし、あたしはそのドサクサに逃げられるから。
西田　……。
ハザ　このままじゃあ、一生、仲井戸大尉と恋人になれないのよ。
西田　……失敗させるって、どうやって？
ハザ　計画があるの。協力して。仲井戸大尉の喜ぶ責め方、全部、教えてあげる。あの人はね、左耳に息を吹きかけられるとものすごく喜ぶの。
西田　本当？
ハザ　鉄板《てっぱん》よ。

微笑むハザ。
戸惑う西田。
ハザが何かを話し、西田がそれを聞きながら、二人は去る。

6-4

桜木の部屋。
荷造りをしている桜木。
と、若い男が登場。それは、橘伸哉と桜木に呼ばれた男性である。

橘　真希、知ってる⁉　フィルムコンテスト、グランプリは一千万クレジットだって！

桜木、驚き、そして、

桜木　やっぱり現れるよね……。
橘　審査委員長は大監督のジャック・ビスコンティだよ。こりゃもう、応募するしかないね。
桜木　……こんな所で橘君を見るなんて。
橘　なに、どうしたの？

と、二十代前半の若作りをした神崎（富樫義久）登場。

神崎　真希、フィルムコンテストの話、聞いた⁉
桜木　出てきたか……。
神崎　なんか、やるしかないって感じだよね。
桜木　出てくるんだ……若作りしてる幻覚ってどうよ。
神崎　なに？　今日のファッション、変？
桜木　なんて星なの、ここは。
橘　でもさ、二十分以内ってのは却《かえ》って難しいよね。
神崎　うん。短ければ短いほど、コンセプト勝負になると思う。
橘　アイデアだよね。

神崎　うん。真希、飲みに行こうか。
桜木　えっ、うん。
橘　みんなは？
神崎　もう帰っちゃったよ。……（表情が変わって）なあ、シナリオ、できた？
橘　うん。まあね。
神崎　すげっ！　真希は？
桜木　えっ。いえ、あたしは……
橘　真希は出演する側だもんな。
神崎　えっ？　自分で書いて自分で出るんじゃないの？　ミュージカル映画とか。
橘　そうなの？
桜木　……うん。そうだね。
橘　（神崎に）なあ。俺、アイデアが二つあるんだよ。富樫、ちょっと聞いてくれないか？
神崎　いいよ。飲みながら聞くよ。
桜木　（思わず）アイデアは自分で決めた方がいいんじゃないの。誰にも話さなくて。
橘　えっ？　どうして？
桜木　どうしてって……。
神崎　（陽気に）何？　アイデア聞いて、俺が盗むとでも言うの？
桜木　……そう。富樫君は盗んだの。
神崎　（快活に）そんなことするわけないじゃないか。
橘　一緒に応募するんだよ。盗んだら同じアイデアの作品になるじゃないか。

桜木　そうじゃないの……。
神崎　真希、なんだよ。俺が橘のアイデア聞いて思わず嫉妬して、ダメな方のアイデアをすすめて、面白い方を盗むって言いたいの？
桜木　もういいから……。
神崎　それで、盗んだアイデアでグランプリ取っちゃうとか言うの⁉
桜木　もういいから。
橘　それで、俺がショック受けて自殺するってか⁉
桜木　もういいから！
神崎　（陽気に）真希のイマジネーションは相変わらずすごいなあ。
橘　なあ。このコンテストで入賞した方が真希に先に交際を申し込む権利があるってのはどう？
神崎　ベタベタの青春じゃないか！　恥ずかし過ぎるだろう！
橘　もちろん、真希は断るのは自由なんだよ。ただ、最初に申し込む権利をかけるの。（神崎に）いい？
神崎　いいねえ。じゃあ、飲みに行こう。
橘　おう。アイデア、聞いてくれるか。じつはどっちにしようか迷ってるんだよ。

二人、話しながら去りかける。
二人、振り向き、

神崎・橘　（同時に）真希、早く来いよ。
桜木　……ごめん。私、二人のこと、忘れてた。

神崎　じゃあ、真希、

橘　待ってるからね。

神崎、橘、去る。
立ち尽くす桜木。
明かり落ちる。

6-5

激しい音楽が鳴る。
明かりつく。
スタジオ。
トレーニング姿の仲井戸、ダンス姿のハザ、ダンス姿の西田がストレッチをしている。
と、マギエル、ダンス姿で登場。

マギエル　遅れました。

西田　（デバイスを操作して、音楽を切って）あれ？　お一人ですか？

マギエル　ええ。銀河は体調が悪いとか。

西田　朝はそんなこと言ってなかったですけど。

マギエル　そうですか。仲井戸大尉、大変な話題ですよ。今日は銀河メディア局からの取材が来ました。
西田　すごいですね！
マギエル　この踊りが国民レベルで定着すればいいと答えました。映像中継を見て、「あ、この踊りは、アルテアでもないし地球でもない。でも、アルテアでもあるし地球でもある」って受け入れてくれたら、この星の踊りになると思うんです。
仲井戸　そうですね。
ハザ　ぜひとも、長官に踊ってもらいたいですね。
マギエル　ええ。ビリー長官の音楽の好みにあわせて、踊る曲も変えたんですから。

と、桜木が入ってくる。

桜木　こんばんは。
西田　あれ、どうしたんですか？
桜木　いえ。ちょっと、練習、見せてもらっていいですか？
仲井戸　（マギエルに）地球連邦軍の桜木研究員です。
マギエル　よろしく。どうぞ、見て下さい。
桜木　神崎さんは？
西田　トイレです。いっぱい出してくるって言って。
桜木　そうですか。
仲井戸　そうか。桜木さん、踊り、大好きでしたもんね。

西田　そうなんですか？
仲井戸　大学時代、踊ってたんですよね。今も踊ってるんですか？
桜木　まあ、時間があれば。
マギエル　もし、お上手なら参加しませんか？　七人の奇数の方が都合がいいんです。
西田　どうしてですか？
マギエル　誰が長官をお誘いするにしても、八人ならペアが四つできます。
ハザ　長官は私がお誘いしていいかしら？
仲井戸　一番美しい人が誘うべきだね。
ハザ・西田　（にこやかに）はい！
仲井戸　（思わず、西田を見る）
マギエル　……どうですか？
桜木　いえ、見学だけで。
西田　もう研究は終わりなんですか？
桜木　えっ……ちょっと休憩ね。

神崎、ダンス姿で登場。

神崎　お待たせしました。じゃあ、ウォーミングアップからいきますか。（桜木に気付いて）あれ、あなたは。
桜木　見学させて下さい。
神崎　ええ。みなさんがいいんでしたら。

マギエル　神崎さん。ひとつ、相談があるんです。
神崎　なんですか？
マギエル　今日、踊りの取材で子供が喜ぶかどうかって聞かれたんです。
神崎　子供？
マギエル　ええ。神崎さんの振付はとても素敵なんですけど、大人中心だと思うんですよ。子供も喜ぶちょっとしたアイデアはありませんか？
神崎　派手にするために紙吹雪は仕込もうと思ってるんですが……子供が喜ぶ、ですか。
仲井戸　子供が喜ぶのは、それは楽しいものでしょう。
ハザ　楽しいもの？
仲井戸　だから、楽しい衣裳。例えば、着ぐるみとか。

全員、なぜか桜木を見る。

桜木　……！　な、なんで私を見るの⁉　おかしいでしょう！　私を見る動機も物語の伏線も、なんにもないでしょう！
マギエル　誰かが着ぐるみをかぶるってことですか。
仲井戸　そうですね。
神崎　着ぐるみをかぶった人が一人入るだけで、じつに楽しいダンスになりますね。
桜木　ちょっと待って！　いい？　私は踊りのメンバーじゃないし、着ぐるみ愛好会の会員でもないの！　そもそも、今の私はそんな精神状態じゃないの。自分の青春時代に残してきたものと現在がぶつかって、ものすごく葛藤しているの。着ぐるみをかぶることから一番、遠い精神状態なの！

神崎 桜木さん。

桜木 はい。

神崎 ひよことオウム、どっちがいいですか？

桜木 失礼します。

桜木、去ろうとすると、

仲井戸 （突然）ああっ！

マギエル どうしました⁉

仲井戸 私は今日、桜木さんが着ぐるみをかぶった幻覚を見る気がします。あなたは今晩、私の部屋に着ぐるみをかぶって出てくるんです。

西田 恐ろしい！　なんて恐ろしい！

桜木 出てきません。絶対に出てきません！

仲井戸 現実のあなたはもちろん出てきません。でも、幻覚のあなたは出てくるんです。幻覚のあなたは、じつに楽しそうに着ぐるみをかぶって、出てくるんです。

ハザ なんて人なの⁉

仲井戸 見たくないのに！　着ぐるみをかぶったあなたの幻覚なんて、見たくないのに！

神崎 じゃあ、幻覚の登場までレッスンしましょう。行きますよ。

桜木 いや、あの、ちょっと待って、と、銀河が数本のキリアスの花を持って登場。

銀河　キリアスです！

神崎　!?（ぎくりとする）

銀河　キリアスが共同墓地の奥にびっしりはえていました。ほとんどは、花びらを摘み取られていましたが、まだまだ残っています。

マギエル　共同墓地の奥……。

西田　あんた、体調が悪かったの？

銀河　ええ。でも、大量のキリアスを見てそれどころじゃなくなりました。（神崎に）どうして、墓地の奥にこんなにキリアスが咲いてるんですか？　神崎さんはご存知なかったんですか？

神崎　えっ……ええ。初めて聞きました。偶然ですかね？

銀河　いえ。明らかに栽培されている様子でした。

仲井戸　栽培？　それは穏やかじゃないな。

銀河　キリアスですよ。キリアスがキリアスを育てたんですよ。

桜木　その花は、たしか……

仲井戸　ああ。桜木さんがこの星に来た日にも、君はキリアスを持って飛び込んで来たんだよね。

桜木　（銀河から花を受け取り）そう。私が来た日に。（はっと）……まさか……植物性物質って……墓地に咲いていたんですよね。

銀河　ええ。

桜木　今日、私の幻覚は強烈でした……だから部屋の中にいると幻覚が弱まるの？……そんな……
仲井戸　なんです？
桜木　失礼します！

桜木、キリアスの花を持って走り去る。

仲井戸　桜木さん！
西田　どうしたんですか⁉
マギエル　どういうことです？

明かり落ちる。

6-6

桜木が興奮している。

桜木　（パソコンの画面を見ながら）これだ！　これだったんだ！　見つけた！　やっと見つけた！

仲井戸、飛び込んでくる。

仲井戸　桜木さん。
桜木　仲井戸大尉、分かりました！　幻覚を起こす原因は、キリアスの花の花粉です！
仲井戸　花粉⁉
桜木　地球の花粉の何百分の一も小さい花粉です。無味無臭で肉眼ではまったく見えません。でも今、血液中にあった物質と一致しました。
仲井戸　そうですか。
桜木　私はこの星に着いてすぐに、キリアスの花の匂いを深く吸って、花粉を取り込んだんです。だから、いきなり幻覚を見たんです。屋内だと幻覚が弱く、外に出ると強くなるのもそういうことです。
仲井戸　なるほど。
桜木　この星にはキリアスの目に見えない花粉が飛んでいるんです。この星の自然にだまされて、深呼吸すると、見えない花粉が地球人に幻覚をおこさせるんです。この星は、深呼吸してはいけない惑星なんです！
仲井戸　とうとう見つけたんですね。
桜木　ええ。
仲井戸　これで、アートン星人との取引リストからはずれますね。
桜木　えっ？
仲井戸　桜木さん、理由が分かったんです。今すぐ、連邦政府の本部に連絡してくれませんか？　まだ、訪問の中止を発表するまで12時間ある。まだ、間に合います。
桜木　でも、キリアスの花の花粉は、この星のあちこちにあるんですよ。

仲井戸　絶対にキリアスの花をなくします。それに、キリアスの花が咲いてる周辺がいわば花粉のホットスポットでしょう。それ以外の場所は比較的安全なはずだ。
桜木　ですが、
仲井戸　ホットスポットに近づかなければ、ただちに健康に影響を与える量じゃないはずです。
桜木　……。
仲井戸　お願いします。本部に連絡して、長官を呼んで下さい。
桜木　どうしたんですか？　仲井戸大尉はいつからこの星がそんなに、
仲井戸　花粉をなくして、絶対に安全な星にしますから！　長官を呼んで下さい。
桜木　……分かりました。

桜木、パソコンを操作しようとする。
と、神崎が二十代の若作りで入ってくる。

神崎　真希、やったぞ！　グランプリ取ったぞ！
桜木　！
神崎　グランプリだぞ！　大監督の目に止まったんだぞ!!
桜木　……富樫君。
仲井戸　えっ？
神崎　これで一気に有名になるぞ！　真希、一緒に喜んでくれよ！　グランプリなんだぞ！
桜木　……ええ。

神崎　橘か？　橘は残念ながら入選しなかったよ。真希、俺とつきあってくれ。……ほんと？　つきあってくれるの⁉　やったあ！　青春だなあ！　富樫義久、21歳。遅れて来た青春。

と、橘が登場。
哀しい顔をしている。

桜木　！　橘君……。
仲井戸　桜木さん、大丈夫ですか？
桜木　キリアスの花粉を吸いすぎました。今私はものすごくリアルな幻覚を見ています。
仲井戸　どんな？
神崎　噂？　噂ってなんだよ？　俺か？　俺が橘のアイデアを盗んだ？　冗談じゃないよ。そんなことないよ。何、言ってるんだよ。
桜木　大学時代、映画研究会の幻覚です。
神崎　橘？　いや、最近会ってないけど。サークルに出てこないの？　分かんないよ。理由なんて分かんないよ！……それより、なんかメシ食いに行こうぜ。
桜木　……どうしてそんなことしたの？
神崎　ちょっと待てよ。俺たち、付き合ってるんじゃないのかよ。何言ってるんだよ。
桜木　橘君のブログに、富樫君のストーリーと同じメモがあったって。
神崎　ブログ？　何の話だよ？　何、言ってるんだよ。
橘　真希、知ってたの？　富樫が盗んだの知ってたの⁉

桜木　知らないよ。知ってるわけないじゃない！

仲井戸　桜木さん、大丈夫ですか？

神崎　恋人なら、なんでそんな噂信じるんだよ。お前、橘のことが好きなのかよ！

桜木　違うよ！

仲井戸　桜木さん。

神崎　俺はお前のことが大好きなんだぞ！

桜木　富樫君、私は、

仲井戸、突然、桜木の後ろに回って、脇をくすぐり始める。

桜木　私は、やっぱり正直に、（大笑い）

神崎と橘、一瞬、フリーズする。

そのまま、仲井戸は、桜木の両手を持って、操り人形のように動かしながら、意味不明なことを後ろで叫ぶ。

仲井戸　（上演では、仲井戸役の大高は、桜木役の里美の手を持って、ビ乳チョップ！　ビ乳パンチ！　ビ乳ビーム！

と叫んでいました）

神崎　お、おれ、おれは、おまおまおまおまえを……

橘　ま、ま、まき、まき、まきはし、しって、しって、しってて、神崎、橘、壊れながら去る。

仲井戸 ……大丈夫ですか？

桜木 想像を越えた方法で助けてくれましたね。

仲井戸 ええ。（手をさらに取って）ビ乳キック！

桜木 もう大丈夫です。……ところで、ビ乳のビはどっち？

仲井戸 えっ？ どっちって？

桜木は美乳なのか微乳なのか、知りたかったのだろう。

暗転。

6-7

スタジオ外の廊下。

ハザと西田、出てくる。

ハザ いいこと。当日、音楽担当の私は、違う曲を仕込む。で、慌てて直す振りをして走る。でもあたしは戻って来ない。それで踊りは失敗。もし、その曲で踊ろうって誰かが言い出したら、あなたは長官を誘って、その瞬間、発作を起こす。いいわね。

西田　なんか、あたし、ものすごく損じゃない？
ハザ　大丈夫。誰も踊ろうなんて言い出さないわよ。

ハザ、去る。
動けない西田。
スタジオの廊下、別空間にマギエルと銀河が出てくる。

マギエル　体調は大丈夫ですか？
銀河　え、ええ。あの、首相、神崎さんを調べた方がいいと思います。
マギエル　神崎さんを？
銀河　墓地の管理人の神崎さんがキリアスの花のことを知らないはずがないんです。何かあるはずです。
マギエル　そうですか。分かりました。墓地にいたんですか？
銀河　えっ。はい。墓地をずっと歩いていました。あの、首相……もう少し待ってもらっていいですか？
マギエル　いつまでです？
銀河　例えば、晩餐会が終わるまで。
マギエル　分かりました。帰ります。
銀河　はい。

去る、マギエル。そのあとを追う銀河。

別空間に神崎、登場。
西田に話しかける。

神崎　いいか。踊りが無事に終わって、全体の気がゆるんだ瞬間、俺はバルコニーに飛び出す。同時に、リモコンのスイッチを押して、紙吹雪の代わりにキリアスの花びらが舞う。
西田　はい。
神崎　バルコニーにセッティングされてるマイクに向かって、「動くな！　動くと、爆弾が破裂するぞっ！」って俺は叫ぶ。
西田　爆弾!?　爆弾を使うんですか？
神崎　お前が「そんなの脅《おど》しよ！」と叫ぶ。俺は「脅しじゃない！」と返す。その瞬間、花瓶がひとつ割れる。俺は、「俺を殺しても、ここには仲間がいる。長官の胸のコサージュに爆弾をしかけた。黙って俺の話を聞け！」とさらに叫ぶ。
西田　私、やっぱりできそうには……。（と、去りかける）
神崎　息子さんは、母親の業務上横領を知ったら、どう思うだろうなあ。
西田　（くるりと戻り）説明を続けて、ボス。
神崎　これが、お前が隠し持つリモコン。これが、花瓶の中に入れる小型爆弾。
西田　爆弾……。
神崎　晩餐会の準備の時に花と一緒に入れろ。大丈夫だ。殺傷能力なんかない。お前は、俺の「おどしじゃない！」の言葉でこっそりボタンを押せばいい。誰もお前がやったってバレないようにな。
西田　長官のコサージュは？

神崎　ただのはったりだよ。当日は警備が厳しすぎて、そんな所に爆弾を仕掛けるのは不可能だろう。だいいち、人を傷つけるのは目的じゃない。

西田　そのあとは？

神崎　俺の演説。それで、この星は変わる。

西田　本当に？

神崎　ああ。君も間違いなく号泣する。キリアスの計画を手伝ったことを永遠に誇りに思うだろう。

興奮している神崎。
困惑したままの西田。
明かり、落ちる。

6-8

仲井戸の部屋。
明かりつくと、満足そうな仲井戸がいる。
ハザが出てくる。

ハザ　コーヒーでいい？

仲井戸　ああ。ありがとう。あ、これ。

と、カードを渡す。

仲井戸　お母さんの治療代に使ってくれ。

ハザ　いいの？

仲井戸　ああ。どっちみち、家族になるんだから。結婚式には元気に出てもらわないと。

ハザ　ありがとう！　こんな時に病気になるなんて、本当にタイミング悪いんだから。

仲井戸　しょうがないよ。病気なんだから。

と、カモメの着ぐるみ姿の桜木、登場。

仲井戸　……やっぱり現れたか。

ハザ　なに？

仲井戸　ううん。

桜木、仲井戸の側まで来て、

桜木　私はカモメ。

と、言って去ろうとする。

仲井戸　おい！　それだけか！
桜木　……私はカモメ。いいえ、私は女優。
仲井戸　チェーホフに謝れ。
桜木　……この緊迫した状況の中で、つまんない幻覚を見ないで。こっちも迷惑してるんだから。
ハザ　どうしたの？
仲井戸　ごめん。今、ものすごくバカバカしい幻覚を見てるんだ。
桜木　あんたが言わないでよ！　地球連邦軍直轄の生体科学研究所で着々とキャリアを積んできた私が、どうしてこんな格好をしないといけないの？
仲井戸　だから幻覚だって。
桜木　幻覚にもほどがあるでしょう。
ハザ　幻覚と何話してるの？
桜木　ほら、意味不明なことやって。そしたら、私は消えるから。
仲井戸　君に対する過去のわだかまりが気持ちいいぐらいに消えていく。
桜木　ねえ。
仲井戸　これで、踊ってくれたら、もう思い残すことはない。
桜木　ちょっと、何言ってるの⁉
仲井戸　音楽！

カモメの桜木、踊り始める。

バックダンサーズの着ぐるみ三匹、オウムとヒヨコとカモも出てきて踊る。
桜木、ポーズを決めて、満足そうな笑みと共に暗転。

7-1

スタジオ。
明かりつくと、神崎が鏡の前で振りを確認している。
マギエルと銀河が現れる。

マギエル 神崎さん、明日はよろしくお願いします。
神崎 はい。これだけ練習したんです。絶対にうまくいきますよ。
マギエル 銀河。先に行っといてくれ。
銀河 えっ。でも、
マギエル 待ってなさい。
銀河 ……はい。

銀河、ためらいながら去る。

マギエル 夕方、銀河が見つけた墓地の奥に行ってきました。花びらが摘み取られた大量のキリアスの花が見つかりました。
神崎 そうですか。

マギエル　ごらんにならなかったんですか？
神崎　あ、いえ。見ましたよ。
マギエル　墓地の奥ですが、管理人宿舎のすぐ裏ですよね。今まで気付きませんでしたか？
神崎　ええ。
マギエル　そうですか。おかしいですね……。
神崎　気付かなかったんですよねえ……。
マギエル　キリアスは何をするつもりなんでしょう。
神崎　さあ、私に聞かれても。
マギエル　明日の歓迎式典と晩餐会は何があっても無事に終わらせなければいけません。
神崎　無事に終わらなければどうなりますか？
マギエル　この星は滅びます。
神崎　ひょっとしたら、この星の新しい未来が始まるんじゃないですか？
マギエル　政治はロマンではありません。現実です。
神崎　現実は変えていくものじゃないですか。首相は、自分の本心を隠してないですか？
マギエル　本心？
神崎　いつか力をつけたら、いつかアルテアが豊かになったら地球連邦と戦えると思っている限り、「いつか」は永遠に来ませんよ。「いつか」は、この手で引き寄せるものです。
マギエル　キリアスという人にこう言いたいですね。あなたが旗を振りながら丘を駆け上がり後ろを振り向いた時、そこには誰もいないだろうと。あなたに続く者は誰もいないと。
神崎　首相。

マギエル　それに、私が知っている人がキリアスだとすれば、彼は手術したアルテア人でもハーフ・アースでもなく、純粋の地球人です。
神崎　えっ。
マギエル　アルテア人の私には分かります。彼の全身から地球人の匂いがします。
神崎　そんなことは、
マギエル　キリアスにはアルテアのために戦う動機がありません。
神崎　！
マギエル　明日、キリアスがこの星の未来を潰《つぶ》すことがあったら、私は絶対にキリアスを許しません。

マギエル、去る。
残される神崎。

7-2

桜木の部屋。
桜木がいる。
神崎が入ってくる。
身構える桜木。

桜木　幻覚？
神崎　友達のこと、知ってたよな。
桜木　えっ？　ええ……。
神崎　ということは、俺のことも知ってるのか？
桜木　……ええ。
神崎　俺は誰だ？
桜木　記憶を取り戻したいの？
神崎　取り戻せるのか？
桜木　薬があるわ。飲んだら、記憶が戻るかもしれない。
神崎　その薬、くれないか。
桜木　いいの？
神崎　ああ。飲みたいんだ。

桜木、薬を出す。

桜木　飲んだら、横になって。

神崎、受け取り飲み、横たわる。

桜木　……ずっと迷ってたの。あなたにあげた方がいいかどうか。

橘が現れる。

桜木　……私の幻覚？

橘　……。

沈黙。

時間が流れる。

やがて、神崎の体が震え始める。

桜木　大丈夫？

神崎、がくんと体が揺れ、そして、ゆっくりと目を覚ます。

桜木　……気分はどう？

神崎　真希？……真希か！

桜木　私のことが分かるの!?

神崎　当たり前だよ。

桜木　富樫君だよね。

神崎　そうだよ。富樫だよ。何、言ってるんだよ。いや、真希、お前、いきなり老けたなあ！　なんで!?　お前、女子大生には見えないぞ。

桜木　女子大生じゃないもの。

神崎　女子大生じゃないって、何冗談言ってるんだよ。そうだよな。二十代には見えないよな。待てよ、ここはどこだ？

と、神崎（富樫）、橘を見つける。

神崎　橘！　橘じゃないか！　お前は二十代だろ。えっ!?　どういうことだ？　俺はいくつだ!?

桜木　そこに鏡があるわ。

神崎　鏡。

神崎、鏡を見る。

神崎　……。

桜木　自分がいくつに見える？

神崎　俺は……中年の男だ……。

桜木　そう。

神崎　うっ。（頭が痛む）

桜木　大丈夫？

神崎　俺は……俺は記憶をなくしていたのか？

桜木　思い出した？
神崎　俺は……たしか、アルテア65に来たんだ……あれは……
桜木　６年前。富樫君は、６年間、記憶を失っていたの。
神崎　６年間……。
桜木　覚えてる？　アルテア65に着いて何があったか？
神崎　アルテア65に着いて？
桜木　そう。この星に着いて、何があったの？
神崎　……橘が現れた。この星に着いた夜。突然、若いままの橘が。

橘を見て、はっとする神崎。

神崎　どうして？　どうして橘がいるんだ。
桜木　彼は幻覚。富樫君と私が同時に見ている共同幻覚。
神崎　幻覚……。
桜木　この星は現実と幻覚が交わる場所なの。それで？
神崎　それで……橘は初めて、俺を罵《ののし》った。アイデアを盗んだこと。真希とつきあったこと。病気になったのは俺の責任だということ。その後のこと。
桜木　それで、記憶を失ったの？
神崎　違う。俺は、ずっと自分のしたことから逃げられなかった。俺の名前を検索すれば、グランプリと盗作の文字がすぐに出た。どこの職場に行っても、どんな人と付き合っても、ネット上の俺の情報は絶対に消えなかった。逃げ続けて、アルテア65まで来た。でも、橘に責められたことがショックだったんじゃない。

桜木　じゃあ、

神崎　俺が耐えられなかったのは、

橘　（突然）どうしたんだよ、富樫。そんなしょぼくれた顔して。なあ、俺たち映画監督になれるかな？

神崎・桜木　！

橘　真希は女優になりたいの？

桜木　……。

橘　なあ。これから先さ、苦しいことがあった時にさ、これだけは約束するよ。もし、三人のうち誰かがここから飛び降りたくなったら、その時だけは何をしていても駆けつける。

桜木　……ここって？

橘　何言ってるんだよ。屋上だよ。どんな大人になっていても、それだけは約束する。

神崎・桜木　……。

橘　二人も約束する？……どうしたんだよ、何黙ってるんだよ！　真希、約束するか？

桜木　……うん。約束する。

橘　富樫は？

神崎　……ああ。約束するよ。

橘　よし。なあ、俺たち、どんな大人になるんだろうな。未来が見えないってワクワクするなあ。

神崎　……お前がうつ病になったのも、屋上から飛び降りたのも、全部、俺の責任だ。

桜木　富樫君。

神崎　でも、俺が記憶を失ったのは、橘に責められたからじゃない。
桜木　じゃあ？
神崎　部屋の鏡に21歳の橘と42歳の俺が一緒に写ってたんだ。

神崎、鏡を見る。
橘、神崎の横に立つ。

神崎　俺は、自分がどんなに遠くまで来たか、鏡に映る姿に教えられた。旅を続け、年を重ね、そして、何者でもないことを、お前に教えられたんだ。
桜木　……。
神崎　俺はお前の未来を奪い、どんな未来も創っていない。……あれから6年たって、21歳のお前の横に立つ48歳の俺は、やっぱり、何者でもない。
橘　富樫、どうしたんだ？　元気ないなあ？
神崎　……なあ、橘。お前、どんな作品、創りたかったんだ？
橘　なんだよ。なんで過去形で聞いてるんだよ。
神崎　お前のために、俺は何ができる？　お前の世界に行けば、俺を許してくれるか。
桜木　富樫君。
神崎　今、記憶が戻って本当によかった……。
桜木　富樫君、だめだからね。

と、賑やかな音楽がかすかに聞こえ始める。

桜木　！

神崎　あれは？

桜木　夜が明けたんだ。もうすぐ、歓迎式典が始まるの。

神崎　歓迎式典……。

桜木　その後には、晩餐会がある。富樫君、踊る予定になっているわ。

神崎　踊る……

桜木　富樫君が振付したのよ。

神崎　俺が……どうして？

桜木　今の状況、思い出せそう？

神崎　今の状況……（うっと頭が痛い）

桜木　大丈夫。焦らず時間をかければ、記憶は徐々につながっていくわ。

神崎　……今の状況……俺にはやらなきゃいけないことがあるような気がする。

桜木　そうよ。富樫君にはやらなきゃいけないことがあるのよ。

神崎　（橘に）思い出すまで、待っててくれないか。

桜木　富樫君……。

暗転。

8-1

光の中にマギエル首相が現れる。
満面の笑み。

マギエル　ビリー長官。歓迎式典は楽しんでいただけましたか？　それでは、友好と感謝の印に心ばかりの料理を御用意いたしました。どうぞ、御賞味下さい。なお、晩餐会の最後には、特別の趣向を設けました。楽しみにお待ち下さい。

別空間に、仲井戸と西田。二人は、踊りの格好。

仲井戸　何を言ってるんだ⁉
西田　本当なんです。本当に彼女はやるつもりなんです。

音響係が走ってくる。

音響係　これが、渡された音源データです。
仲井戸　今、鳴らせるか？

音響係　はい。

音響係、デバイスを操作する。
聞いたこともない曲がかかる。

仲井戸　……そんなばかな。これを渡されたのか？
音響係　はい。
仲井戸　誰から？
音響係　なんか派手な女性です。
西田　この人？

と、西田、小さなカード型のパソコンを使って、写真を示す。

音響係　ええ。そうです。
西田　どうもありがとう。この曲、間違いだからね。こっちにして。（と、カードをデバイスに近づける）
音響係　（デバイスを操作して）分かりました。

音響係、去る。

仲井戸　これが、彼女の指名手配データです。

と、さらに端末タブレット。

仲井戸　どうして、こんなことを……

西田　彼女は混乱の中、そのまま逃げようとしています。

仲井戸　えっ？

西田　踊りを失敗させてそのまま逃げるつもりだったんです。

仲井戸　そんな……。

仲井戸、呆然とする。

西田、周りの様子を見て、

西田　仲井戸大尉。始まりますよ。急ぎましょう。

仲井戸　（呆然としたまま）そんな……。

西田　仲井戸大尉！

仲井戸　もういいよ。

西田　えっ？

仲井戸　もう踊りなんてどうでもいいよ。

西田　ダメですよ！　この星の運命を決める踊りなんですよ。

仲井戸　俺の人生はこんなもんなんだよ。もういいんだ！

西田　ダメです。大切な踊りなんです！
仲井戸　もういいんだよ！
西田　ダメです！

西田、仲井戸の顔をガバッと掴み、そのまま、唇に激しい接吻。

仲井戸　……何で？
西田　約二十年ぶりです。目が覚めましたか？
仲井戸　目が覚めるというか……意識が飛んだぞ。
西田　行きましょう。私達は踊らないとダメなんです。
仲井戸　だけど……
西田　行かないと、もう一回、キスしますよ。
仲井戸　行く。とりあえず、行く。
西田　行きましょう

仲井戸、去る。
西田、去りながら、

西田　……なんだか、キスの意味が、愛じゃなくて、脅しになってるんだけど……。さて、もう一仕事だわ。

西田、気合いを入れながら去る。

暗転。

すぐに、別空間にマギエル。

マギエル　それでは、特別趣向として、アルテア人と地球人の友好の踊りをご披露します。アルテアでは、酒宴の最後は踊って終わることが伝統なのです。それでは、トランスカルチャーダイノマイトダンサーズによります友好の踊り、ミュージック、スタート!!

音楽と共に、桜木を入れた六人とマギエルが位置につく。

音楽が鳴った瞬間、ハザ、えっという顔をする。去ろうとして、仲井戸と西田と目があう。

踊り始める全員。

ハザはとりあえずの笑顔、仲井戸はやけくその笑顔で踊る。

フィニッシュになった瞬間、破裂音と共に、キリアスの黄色い花びらが降り始める。

マギエル　なんです!
桜木　なんなの!?
仲井戸　なんだ!?

人々、口々に騒ぐ。

神崎、バルコニーに飛び出て、マスクをつける。

銀河　神崎さん、やっぱり！

仲井戸　キリアス！

神崎　動くな！　動くと爆弾が破裂するぞ！

全員　え⁉

西田　（棒読みに近く）脅しよ！

神崎　脅しじゃない！

花瓶が割れる。

どよめく人々。

神崎　俺を殺しても、ここには仲間がいる。長官の胸のコサージュに爆弾をしかけた。動くとコサージュが爆発するぞ！　黙って俺の話を聞け！

マギエル　そんな……。

ハザ　神崎君……

桜木　やらなきゃいけないことって……

神崎　60年間の中断を経て、今ここに、迎賓館バルコニーの演説を再会する。すべてのアルテア人たちよ。60年間の中断を心から詫びたいと思う。だが、我々は勝利した。我々はついに演説を再開する日を迎えたのだ。迎賓館から、アルテアの各地から、ついに戦いは再開された。進め！　すべてのアルテア人達よ。怒濤の進撃を開始せよ！　輝かしい戦いはまた始まったのだ！

神崎、聴衆の反応を見る。
が、期待した反応が起こらない。

仲井戸　ふざけるな！

仲井戸、ビリー長官がいる方向に走って去る。

マギエル　仲井戸大尉！

神崎　怒濤の進撃を開始しよう！　立て、アルテア人よ！

人々の騒ぐ声が聞こえる。
すぐに、仲井戸、手にコサージュを持って登場。

仲井戸　長官のコサージュだ！　さあ、爆破しろ！　こうなったらヤケクソだ！　俺を殺せー！　宇宙一、孤独で虚しいショウを始めろ！

警備兵2人でてきて、銃を構える。

マギエル　撃つんじゃない！　大丈夫だ！　これは長官をおもてなしするショウだ！

全員　え⁉

桜木　ショウ……そんな⁉

マギエル　銀河！

銀河　はい。

マギエル　小道具の儀式用の剣を、あそこの儀礼兵から借りてきなさい。

銀河　えっ？

マギエル　早く！

銀河　はい！

銀河、素早く去る。

神崎　これはショウなどではない！　アルテア人よ！　今すぐ立ち上がるのだ！

仲井戸　（コサージュを掲げながら）宇宙一、愚かで滑稽な男を吹き飛ばす、派手なショウの始まりだ！

神崎　忘れたのか！　あの最後の演説を！　あの最後の言葉を！　アルテア人よ！

神崎の言葉の途中で、剣を持った銀河、登場。
マギエル、銀河に素早く小声で指示を出す。
少し遅れて、警備兵も剣を抱えて登場。先にいる警備兵から銃を受け取り、儀式用の剣を渡す。

マギエル　仲井戸大尉！　さあ、出番です！　心おきなく戦って下さい。

仲井戸　え!?

銀河、仲井戸大尉の手からコサージュをさっと奪い、代わりに剣を渡す。

マギエル　仲井戸大尉には爆弾よりも剣が相応しい。事情は分かりませんが、ヤケクソのエネルギーでどうか、心ゆくまで戦って下さい。

仲井戸　そんな……。

西田　そんなに死にたいんなら、私が愛のキスで窒息死させましょうか?

マギエル　銀河はキリアスを助けなさい。

銀河　えっ、はい。

マギエル　さあ、キリアスにも剣を!

神崎　えっ、いや、あの、

マギエル　キリアス。あなたの言葉を剣に変えるのです。剣のきらめきがあなたの思い、剣のさばきがあなたの祈り、剣のうなりがあなたの狂気、剣のしなりがあなたの最後の演説です!

神崎　最後の演説……

マギエル　銀河、キリアスに剣を!

銀河　はい!

銀河、剣を神崎に放り投げる。

ハザ　本物のキリアスなら、戦うはずよ！

神崎、思わず受け取り、ポーズを決める。

マギエル　ビリー長官。アルテアでは酒宴の終わりのダンスの終わりに、剣劇とアクションをするのが伝統なのです。お待たせしました。いよいよ、クライマックスです。打ち合わせのすんでない人に業務連絡。剣は儀式用で刃を潰しています。殺さず、捕らえるのです。それでは、狂言回しは退場の時間です。みなさん、あらゆる思いを剣に込めて、アルテアとあなたの未来に相応しい戦いを！さあ、御陽気にいきましょう。音楽！

神崎と銀河　対　仲井戸と警備兵の戦いが始まる。
激しい音楽の中、黄色い花びら、さらに激しく降り続く。
ドサクサの中、ハザは去る。
西田は、銀河がやられそうになった瞬間、警備兵を殴り、蹴る。
マギエルは、これがショウであることをアピールするように楽しそうに反応する。
桜木は複雑な顔で神崎を見ている。
神崎、戦いながら、途中でマイクに向かって、

神崎　すべてのアルテア人よ！　立ち上がろう！

だが、人々は立ち上がらない。
ただ、面白いショウだと思って眺めている。
神崎の剣が警備兵の一撃で弾き飛ばされる。
追い詰められる神崎。
と、突然、警備兵の一人が虚空に向かって切りかかる。
続いて、他の警備兵達も神崎とは関係のない方向に向かって戦い始める。

銀河　!?

西田　どういうこと?

桜木　幻覚よ!　幻覚と戦ってるの!

銀河　幻覚!?

警備兵の一人が桜木に切りかかる。

銀河　桜木さん!

銀河、桜木を守り、西田を連れて去る。
警備兵はマギエルも狙う。戦いは無茶苦茶になる。
神崎はその途中ではっとした顔になり、そして、苦悩の表情になる。
その顔に光が当たり、そして暗転。

9-1

明かりがつくと、そこはアルテア空港。
旅立ち姿の桜木。その横に銀河。
見送る形の西田。

西田　よろしくお願いします。
桜木　はい。息子さんをお預かりします。
西田　ちゃんと、お腹一杯、食べるのよ。
銀河　大丈夫だって。子供じゃないんだから。

と、旅立ち姿の仲井戸と見送るマギエル首相が登場。

仲井戸　おう。同じ時間になったか。
マギエル　そうなりましたか。
西田　仲井戸大尉、どういうことですか⁉
仲井戸　一時間前に指令が来た。『ザブレグＳＴ』に赴任だ。
桜木　『ザブレグＳＴ』！

西田　どこなんですか？

仲井戸　銀河第34地区の果てだ。

西田　そんな、どうして⁉　晩餐会が混乱したからですか。

仲井戸　逆だよ。キリアスの花の効果を長官は目の当たりにして、この星の重要度が上がったんだ。

桜木　地球人は全員、激しい幻覚を見ましたからね。

仲井戸　キリアスの花を管理するために、この星には、僕なんかじゃなくて、もっと偉いエリートが来るよ。

西田　そんな……。

桜木　でも、キリアスの花粉の力を地球人が完全にコントロールできるかどうか、私は懐疑的なんですよね。

マギエル　タブーだったものが、いきなり未来の希望になったわけですね。

桜木　地球人には手に余るんじゃないかと不安なんです。

仲井戸　いずれにせよ、アルテア65の価値は確実に上がりましたね。

マギエル　そうですね。

西田　そういう意味じゃ、神崎さんに感謝ですね。

銀河　神崎さん、どこに行っちゃったんでしょうね。

間。

桜木　ごめんなさい。地球行きのシャトル、時間です。

銀河　（マギエルに）急に決めてすみませんでした。

マギエル　いえ。

銀河　ハーフ・アースとして桜木さんの研究に協力したら、そのまま、何年か地球で生活しようと思います。
マギエル　何年か。
西田　止めたんですよ。検査を受けたらすぐに帰ってきなさいって。
銀河　地球で何ができるか、ためしてみたいんです。
マギエル　そうですか。気をつけて。
銀河　……すみませんでした。
マギエル　あやまることはないです。元気で。
桜木　(仲井戸に) それでは失礼します。
仲井戸　はい。人生が終わる前に、再会できてよかったと思ってます。
桜木　私もです。
仲井戸　お元気で。
桜木　仲井戸大尉も。
銀河　(西田に) じゃあ、いくね。
西田　淋しくなったらいつでも帰ってくるんだよ。
銀河　おふくろ。今までありがとう。
西田　そんな淋しいこと言わないでよ。
桜木　さようなら。
銀河　行ってきます。
西田　いってらっしゃい!!

桜木と銀河、去る。

仲井戸　それじゃ、私も行きます。

マギエル　出世して、戻ってきませんか？　この重要な星に。

西田　そうですよ。失礼します。

西田、仲井戸に近づき、左耳に息を吹きかける。

仲井戸　（平然と）西田、どうした？

西田　……いえ、なんでもありません。

仲井戸　西田、ありがとう。

西田　やめて下さいよ。

仲井戸　お前にキスされた時、人生の不条理を丸ごと経験した気持ちになった。俺は不条理な現実を合理的な言葉で理解しようとしていたことに気付いたんだ。

西田　それは褒めてるんですが、責めてるんですか、さっぱり分かりません。

仲井戸　感謝してるんだよ。

マギエル　もう少しあなたと仕事がしたかったです。

仲井戸　それでは。もし、また会う時があったら、

マギエル　その時は、また、踊りましょう。

仲井戸　ええ。

西田　お元気で！

仲井戸、去る。

西田　……地球人になりたいです。そしたら、銀河にも仲井戸大尉にも幻覚で毎晩会えるのに。
マギエル　……そういう考えもありますか。
西田　私、仲井戸大尉が大好きでした。
マギエル　私は……（言い出そうとしてやめる）
西田　なんですか？
マギエル　いえ、戻りましょう。
西田　はい。……これから、何を生きがいにすればいいんでしょうねえ。

去る二人。

9-2

つばの広い帽子とサングラスなどで変装したハザ、登場。
と、反対方向から同じくサングラス姿の神崎。
ばたりと出くわす。

二人　！
ハザ　どうしてここに⁉
神崎　レイさんこそ⁉
ハザ　まさか、裏ルートで脱出するの？
神崎　レイさんも？　貨物便に紛れ込むんですか。
ハザ　そう。『ジゴリアＡＳ』でまた整形するの。
神崎　整形って、仲井戸大尉は？
ハザ　作戦終了。地球連邦軍相手の新しい作戦を始めるの。神崎君は？
神崎　富樫です。
ハザ　えっ？
神崎　富樫義久。自分の名前が分かったんです。
ハザ　そう。で、富樫君はどうするの？
神崎　地球に帰るつもりです。
ハザ　地球に？　じゃあ、この星には、
神崎　もう戻りません。晩餐会であれだけ責められたんですから。
ハザ　えっ？
神崎　アルテアから出て行けって、大合唱だったじゃないですか。
ハザ　えっ。
神崎　あんなに大勢の人から言われたら、さすがに僕も目が覚めました。一万人は越してましたよね。

ハザ　神崎、いえ、富樫君。それ、幻覚じゃないの？
神崎　違いますよ。事実ですよ。
ハザ　そう。……地球でどうするの？
神崎　訪《たず》ねたいお墓があるんです。その墓の前で踊ろうかと思ってます。
ハザ　家族？
神崎　いえ、昔の友達です。
ハザ　きっと、その人も喜ぶんじゃないの。
神崎　だといいんですが。
ハザ　じゃ。あたしの船、出る時間だから。
神崎　はい。レイさん。
ハザ　なに？
神崎　僕を拾ってくれてありがとうございました。
ハザ　いいのよ。……富樫君、ずっと好きな人がいるでしょう。
神崎　えっ？
ハザ　富樫君の心の中に誰かいるって分かったから、私は黙って去ったの。その人は、どんなことをしても富樫君の心の中から出ていかなかったから。
神崎　そうですか……。
ハザ　何年間、思い続けてるの？
神崎　……たぶん、27年間です。
ハザ　そんなこと、できるんだねぇ。

神崎　でも、６年間は名前を忘れてました。

ハザ　なんだか、若くなったね。うん、６年前の富樫君の方がうんと老けてた。

神崎　レイさんこそ。

ハザ　あたしなんか、35歳から折り返してるからね。もうすぐ十代突入よ。

神崎　そうですか。

ハザ　じゃあ、また宇宙のどこかで。

神崎　宇宙のどこかで。

ハザ　さよなら。

ハザ、去る。

神崎、見送り、自分も去ろうとした瞬間、橘が現れる。

神崎、橘を見つめる。そして、

神崎　もうすぐ行くから。

橘　……僕のブログ、残ってた？

神崎　えっ？……ああ。橘のブログ、全部、残ってたよ。

橘　そうか。

神崎　……じゃあ、俺は行く。

神崎、去ろうとする。

橘、神崎の前に立ち、そして、神崎を抱きしめる。
驚く、神崎。

橘　ありがとう。
神崎　えっ？
橘　僕のブログ、全部読んでくれて、ありがとう。
神崎　……。

神崎の両手、ゆっくりと動き、橘を抱きしめる。
しっかりと抱擁し合う二人。
やがて、神崎、静かに体を離す。
去る、神崎。
残される橘。去っていく神崎を見送る。
ふっと微笑む。深呼吸しようとして、押し寄せる感情に呼吸が浅くなる。
哀しみがこぼれないように、顔を上げる。
その時、アルテア65がゆっくりと深呼吸したような静かな風が吹く。

完

あとがきにかえて

さて、何を書こうと思ったところで、はたと手が止まりました。思いのたけは、すべて作品に込めたつもりです。

あらためて、何か話すことはない。そんな気もします。

『第三舞台』について最も忘れがたかったエピソードは何ですか？　といろいろな所で聞かれました。

たったひとつ、最も忘れがたい、なんてことは選べません。

旗揚《はたあ》げの『朝日のような夕日をつれて』を上演し終わり、大隈講堂の裏の広場に建てていたテントを解体し、地面に座り込んで、偶然部室の奥に見つけたシャボン玉を吹いた風景は、今でもはっきりと覚えています。シャボン玉は、ゆっくりと演劇研究会が入っている部室長屋の屋根を超えて飛んでいきました。ひとつふたつ割れていくシャボン玉を見ながら、全身は幸福な倦怠感《けんたいかん》に満ちていました。22歳の5月、何かが終わり、何かが始まった感覚に痺《しび》れていたのです。

大隈講堂の前に、無許可でテントを建てた時のことも忘れられません。朝の3時に集合して、一気に建て始めました。5時ぐらいに見回りに来た警備員さんの「これはなんだ⁉」という唖然《あぜん》とした顔は、今でも目に焼きついています。人間、信じられないものを見るとああいう顔になるんだと、僕はテントの骨組みのイントレの上に立ちながら感心していました。

紀伊國屋ホールに始めて登場して、初日、興奮したまま、ロビーに立っていた風景もはっきりと覚えています。マスコミを招待した結果か、空席がいくつかあり、立ち見のお客さんに向かって「座って大丈夫ですよ。ただし、遅れてきたら立って下さい」と叫んだことも鮮明に記憶しています。

イギリス公演の宣伝のために、ロンドンのコベントガーデンでパフォーマンスをしたことも、エジンバラで地元の大学生の手伝いの女の子をデートに誘ったことも、ベルファストのバーで飲んでいる時にIRAのテロ爆弾が破裂し、その音に驚いたのに、周りのイギリス人たちはいつものことだと反応がなかったことも、忘れられません。

お客さんがどんどんヒートアップしてきて、ギャグのオチではなく、フリだけで笑ってしまう状況になり、客席の後ろで「違う。違うんだよ」と歯嚙《はが》みしたこともありました。

この人を新しいメンバーに迎えれば『第三舞台』の新しい展開が始まるんじゃないかと考え、けれど、それは『第三舞台』ではないのではないかと、逡巡《しゅんじゅん》したこともありました。

今回の大千秋楽、福岡公演では、『第三舞台』の演出助手をしていた板垣恭一氏とスタッフだった戸田山雅司氏と美術担当だった小松信雄氏が東京からわざわざ見に来てくれました。

板垣は第三舞台のすべてのDVDの撮影・編集をしてくれていますが、同時に演劇界では立派な売れっ子演出家になりました。戸田山は、映画『相棒』やNHKドラマ『つばさ』など、日本を代表する脚本家になりました。小松は、別名でいろんな有名劇団の美術を担当しています。

三人が仲良くベンチに座っている風景を見ながら、「この三人を世に出せたということは、とても立派なことなんじゃないだろうか」と、誰もほめてくれないので、自分で自分をちょっとほめたくなりました。

それぐらい、三人が並んで座っている風景は、僕にとって感動的なものでした。筧や勝村、真理子、大高、里美、成志、小須田、裕子達がテレビに露出するようになって、『第三舞台』は俳優を輩出したと言われるようになりました。

それはとても幸福で嬉しいことですが、スタッフだって負けず劣らず、素敵な人たちが生まれたのです。演出助手では他に、映画『今度は愛妻家』やTVドラマ『ぽっかぽか』の脚本を担当した中谷まゆみがいます。それから、スタッフではオペラ界で有名演出家になった岩田達宗がいます。

じつに恵まれていた人間関係だったと思います。

『リレイヤーⅢ』の上演の時、初日の一日前、ゲネプロという本番と全く同じ形の公演を戸田山が見に来ました。もうその頃には、戸田山はプロの脚本家として、テレビドラマを何本も書いていました。

『リレイヤーⅢ』は劇団の話です。それも、どんづまりの、試行錯誤を続ける、切羽詰まった物語です。幕が降りた後、僕は後ろに座っていた戸田山に「どうだった?」と言いながら振り向きました。戸田山の胸からお腹辺りのシャツはびっしょりと濡れていました。

僕は、「あ、ペットボトルの水かなんかこぼしたのかな?」と思って、見ないふりをしました。後で、別のスタッフから戸田山が芝居の上演中、ずっと泣いていたと聞かされました。びっしょりと濡れていたのは、戸田山の涙だったのです。

僕は、「劇団の話を見て、そこまで泣くのか。そこまで、『第三舞台』に思い入れを込めてくれているのか」と驚き、胸が熱くなりました。

ちょっと実務的な話を少々。

この戯曲を上演しようと思う人は、今までの人生で着ぐるみをかぶり続けてない限り、133ページの7行目、神崎のセリフ「……子供が喜ぶ、ですか」の後は、135ページ1行目、銀河の登場に飛んで下さい。

それから、仲井戸とハザのシーンを145ページのカモメが登場する前に、短いですが終わらせて下さい。

そうすると、自分で言いますが、クライマックスに向かってサスペンスは盛り上がり、物語はすっきりします。ま、「作品とは芸術と芸能の綱引きである」と昔から思っていることです。カットした方が芸術性は高まります。僕は、ここでは芸能を選んだのです。こういうことをしてきたから、『第三舞台』は、演劇評論家と呼ばれる人の多くから、目の敵にされたのです。一時期、鴻上と『第三舞台』の悪口を言っていれば、とりあえず、評論家として株が上がった時期がありました。

2011年の公演を目指して、2009年ぐらいから、俳優達と個別に会い始めました。何を考え、何をしたいと思っているのか。10年後の封印解除なんかしない方がいいと言った俳優もいました。待ってましたと答えた俳優もいました。復活してもお客さんなんか来ないよと言った俳優もいました。本当にさまざまでした。

僕は俳優達と話し、2011年現在の『第三舞台』をやりたいと決断しました。20歳そこそこの若造が始めた芝居は、その時、その時の実感を物語に込めてきました。テーマは常に「どう生きるか?」でした。

二十代前半の試行錯誤、二十代後半のトライアル、三十代の苦闘、四十代の挑戦、そして、今、五十歳前後の「生きる実感」を描きたいと思ったのです。

復活公演を決めて、2011年がにわかに騒がしくなりました。俳優達と会う機会も増えました。みんな「この後、どうするんだ?」という意識を持つようになりました。この一回だけでやめた方がいいという俳優がいました。10年後にまたやろうという俳優がいました。これからは毎年やろうよという俳優がいました。

僕は、「封印解除公演」を成功させるためには、意志の統一が必要だと考えました。今後のことで混乱を生むのなら、これを解散公演にすることで、意志の一致が図られると思ったのです。

喫茶店で僕は大高に「解散するよ」と告げました。大高は、「そうか」とうなずきました。劇団の旗揚げを僕にすすめたのは、大高でした。マージャンの相手が見つからず、暇つぶしに入った代々木上原の喫茶店でのことでした。もし、あの時、マージャンしようと思わなければ、そして相手が見つかっていたら、僕と大高の人生はまったく違ったものになっていたかもしれません。

22歳で作った劇団を、53歳で解散します。解散に反対する俳優がいて、解散に賛成する俳優がいました。

最後の公演を、全国30館ほどの映画館で生中継してもらいました。幸福な解散だったと思います。

大千秋楽のカーテンコールの拍手は10分以上、終わりませんでした。

最後に舞台に出た僕は、思わず、「ちゃんと始めるためには、ちゃんと終わらせなきゃいけないんだ」と叫びました。

その気持ちで、僕はいま、この文章を書いています。

『第三舞台』が解散して、あなたの観劇人生は一区切りついたのでしょうか。もう、劇場に来ることはないのでしょうか。鴻上は演劇をやめません。演劇を書き、演出し、上演し続けます。

よろしければ、宇宙のどこかの劇場でお会いしましょう。

音楽劇『リンダ　リンダ』の稽古中に

鴻上尚史

第三舞台の軌跡

1981年

①**「朝日のような夕日をつれて」**【旗揚げ公演】
5月15日〜5月17日、大隈講堂裏特設テントで上演。早稲田大学演劇研究会が主催の3日間の無料公演で、観客動員数は約300人。以降、鴻上が作・演出を手がける。大高洋夫・岩谷真哉・松富哲朗・名越寿昭・森下義貴が出演。無料は申し訳ないと、上演後、焼き肉をスタッフにおごってくれた観客が現れた。

②**「宇宙で眠るための方法について」**【第2回公演】
10月2日〜10月4日／10月9日〜10月11日、大隈講堂裏特設テントで上演。小須田康人・長野里美・伊藤正宏らが同公演より参加。旗揚げの5人から一気に10人以上の集団になる。女優が初めて入った公演でもあった。

まず第一舞台がありまして、それはスタッフとキャストが力を合わせた舞台のこと。第二舞台は観客席。第三舞台は、第一と第二の舞台が共有する幻の舞台。劇団の自己満足に終わらず、お客さんが付き合いで来ているだけでもない、最上の形で共有する舞台、ということで第三舞台と名付けました。（鴻上尚史／早稲田演劇新聞 1981.VOL7より）

①

②

1982年

③「プラスチックの白夜に踊れば」【第3回公演】
5月3日～5月9日、大隈講堂広場前の特設テントで上演。大隈講堂前に、大学の許可なく勝手にテントを建てて公演。鴻上達スタッフはテントを守るために、毎晩テントに泊まり込んだ。

④「電気羊はカーニバルの口笛を吹く」【第4回公演】
10月11日～10月17日、大隈講堂裏特設テントで上演。山下裕子・筒井真理子らが同公演より参加。ラスト、数百本の花火を同時に燃やした。テント公演だったので、テントに火がついて、少し燃えた。

1983年

⑤「朝日のような夕日をつれて'83」【第5回公演】
2月18日～2月23日、池袋・シアターグリーンのウィンターフェスティバルにて上演。初の学外劇場公演。観客動員数1000人突破。この公演を見て、弓立社という出版社の社長さんが戯曲本の出版を決めた。

⑥「リレイヤー」【第6回公演】
6月24日～7月3日、大隈講堂裏特設テントで上演。大高が就職を決めたので、池田成志とダブルキャストになる。大高が残業する日は成志が出た。千秋楽の打ち上げで、大高は会社をやめると決心する。

③

④

⑤

⑥

⑦「デジャ・ヴュ」【第7回公演】
10月30日～11月13日、大隈講堂裏特設テントで上演。出演：岩谷真哉、大高洋夫、小須田康人、名越寿昭、長野里美、伊藤正宏、山下裕子、筒井真理子ほか。「ドライブ感溢れるステージングで展開する第三舞台」など、テレビでの紹介、各種雑誌での記事、劇評が突然出る。鴻上は雑誌連載や、深夜放送「オールナイト・ニッポン」のパーソナリティーなどを始める。

1984年

⑧「宇宙で眠るための方法について」【第8回公演】
2月21日～2月26日、下北沢・ザ・スズナリ／2月29日～3月4日、高田馬場・東芸劇場で上演。出演：大高洋夫、岩谷真哉、小須田康人、名越寿昭、長野里美、伊藤正宏、山下裕子、筒井真理子。ザ・スズナリのフェスティバルに参加。岩谷真哉の最後の舞台。岩谷は、「クリアダンサー」という役で、その踊りは壮絶だった。

⦿「プラスチックの白夜に踊れば」【第9回公演】
最後のテント公演として予定していたが、岩谷真哉をバイク事故で失い、中止する。

⑩「モダン・ホラー」【第10回公演】
9月19日～10月7日、下北沢・ザ・スズナリで上演。京晋佑、参加。早稲田大学演劇研究会の主催による最後の公演。20名以上が参加し、岩谷の不在を埋めようとした公演だった。

⑦

⑧

⑩

1985年

⑪「**朝日のような夕日をつれて'85**」【第11回公演】
2月2日～2月6日、初めての新宿・紀伊國屋ホール公演。出演：大高洋夫、小須田康人、池田成志、名越寿昭、伊藤正宏。観客全体も緊張した初日だった。初日が終わった後、ロビーで鴻上の提案で役者と「バンザイ」をした。それぐらい、手応えのあった反応だった。

◉「**春にして君とわかれ**」【若手番外公演】
3月19月～3月24日、高田馬場・東芸劇場で上演。出演：長野里美、山下裕子、筒井真理子、京晋佑、伊藤正宏ほか。筧利夫、初参加。

⑫「**リレイヤー**」【第12回公演】
6月12日～6月17日、下北沢・本多劇場で上演。藤谷美樹、参加。集団と恋愛の問題を真正面から取り上げて、玉砕した公演だった。

◉「**朝日のような夕日をつれて'85**」【第13回公演】
7月22日～7月28日、紀伊國屋ホールで上演。第三舞台では初めての「純粋再演」。2月の舞台で、多くのお客様を当日入れられず帰してしまったので、急遽やることに決定。

⑭「**もうひとつの地球にある水平線のあるピアノ**」【第14回公演】
10月17日～11月10日、下北沢・ザ・スズナリで上演。ワンシーンが松竹映画『祝辞』の中に映っています。

⑪

⑫

⑭

1986年

⑮**「デジャ・ヴュ'86」**【第15回公演】
2月8日～2月27日、紀伊國屋ホール／3月12日～3月16日、近鉄小劇場で上演。初めて関西の劇場で公演。観客数が1万人を越える。筧利夫、大阪に凱旋公演で、プレッシャーのあまり声がかれる。

⑯**「スワンソングが聴こえる場所」**【第16回公演】
6月5日～6月29日、下北沢・本多劇場で上演。「第三舞台結成5周年と1カ月公演」とクレジット。

⑰**「ハッシャ・バイ」**【第17回公演】
12月4日～12月22日、池袋・サンシャイン劇場で上演。1カ月間の公演で2万人の観客を集める。公演後、教師になった名越寿昭が劇団を離れる。名越の最後の舞台。

1987年

⑱**「朝日のような夕日をつれて'87」**【第18回公演】
7月22日～8月17日、紀伊國屋ホール(東京)／8月21日～8月23日、フレックスホール(名古屋)／8月26日～8月31日、近鉄小劇場(大阪)／9月5日～9月10日、札幌本多小劇場(北海道)で上演。初の全国ツアー。この作品より勝村政信が参加。紀伊國屋演劇賞団体賞を受賞する。出演：大高洋夫、小須田康人、勝村政信、筧利夫、伊藤正宏。

⑲**「モダン・ホラー特別編」**【第19回公演】
12月4日～12月29日、下北沢・本多劇場で上演。１９８４

⑮

⑯

⑰

⑱

年の「モダン・ホラー」をベースに、俳優が各自持ち寄ったスケッチを構成した集団創作劇。出演：大高洋夫、小須田康人、筧利夫、勝村政信、伊藤正宏、京晋佑、長野里美、山下裕子、筒井真理子、藤谷美樹。筧が「ケダモノ王」を自分の役として自分で書く。

1988年

⑳
「天使は瞳を閉じて」【第20回公演】
7月27日～8月26日、紀伊國屋ホール／9月1日～9月11日、近鉄小劇場で上演。伊藤正宏の天使1、山下裕子のテンコ、長野里美のケイ、大高洋夫のマスターなど、話題になった役が多かった。

1989年

㉑
「宇宙で眠るための方法について・序章」【第21回公演】
2月11日～3月12日、紀伊國屋ホール（東京）／4月2日～4月13日、近鉄小劇場（大阪）で上演。役者達が自分のやりたい役を自分で書く企画の第二弾。里美は「鴨川あひる」というアヒルの着ぐるみを着たレポーター役を書く。着ぐるみシリーズの始まりであった。筧のケダモノ大王の部下に、ケダ1、ケダ2、ケダ3が生まれる。利根川祐子、参加。

㉒
「ピルグリム」【第22回公演】
9月11日～10月14日、スペースゼロ（東京）／10月18日～10月29日、近鉄アート館（大阪）で上演。

⑲

㉑

⑳

㉒

1990年

㉓「ビー・ヒア・ナウ」【第23回公演】
8月4日〜8月9日、近鉄劇場（大阪）／8月16日〜9月13日、シアターコクーン（東京）で上演。出演：大高洋夫、小須田康人、筧利夫、勝村政信、伊藤正宏、京晋佑、長野里美、山下裕子、筒井真理子、利根川祐子。チケット発売の10日前より徹夜で並ぶ観客現れる。

1991年

㉔「朝日のような夕日をつれて'91」【第24回公演】
2月21日〜3月24日、紀伊國屋ホールで上演。出演：大高洋夫、小須田康人、勝村政信、筧利夫、京晋佑。劇団オーディションで少年の役を京が獲得。伊藤、無念の涙。実験的に1日だけ（3月24日）クローズドサーキットによる衛生生中継を新宿・スタジオアルタで実施。

㉕「ハッシャ・バイ」【第25回公演】
8月2日〜8月25日、紀伊國屋ホール（東京）／9月4日〜9月13日、近鉄小劇場（大阪）で上演。8月24日、スパイラルホール（東京）／8月25日、スパイラルホール（東京）、心斎橋クラブクアトロ（大阪）、スカラ・エスパシオ（福岡）、名古屋クラブクアトロ（愛知）にてクローズドサーキット。衛星回線を使ったリアルタイム中継を導入し、（演劇としては初めて）全国４都市の別会場にて同時中継を試みる。

㉓

㉕

㉔

出演：大高洋夫、小須田康人、長野里美、勝村政信、山下裕子、筒井真理子、池田成志、伊藤正宏、利根川祐子。２チームに分けて上演。

㉖「天使は瞳を閉じて〜International version〜」【第26回公演】
11月6日〜11月9日（ロンドン）／11月13日〜11月16日（エジンバラ）／11月20日〜11月21日（ベルファースト）／12月28日〜92年1月5日、近鉄小劇場（大阪）。ゴールデンアロー賞演劇賞受賞。出演：大高洋夫、小須田康人、筧利夫、勝村政信、河野まさと、伊藤正宏、長野里美、山下裕子、筒井真理子、利根川祐子。

1992年

◉「天使は瞳を閉じて〜International version〜」【第26回公演】
1月11日〜2月9日、新宿・シアターアプル（東京）にて上演。

1994年

㉗「スナフキンの手紙」【第27回公演】
7月1日〜7月10日、近鉄劇場（大阪）／7月15日〜8月28日、天王洲アイル・アートスフィア（東京）で上演。出演：大高洋夫、小須田康人、京晋佑、池田成志、長野里美、山下裕子、西牟田恵。観客４万人を動員。鴻上が、第39回岸田國士戯曲賞を受賞する。

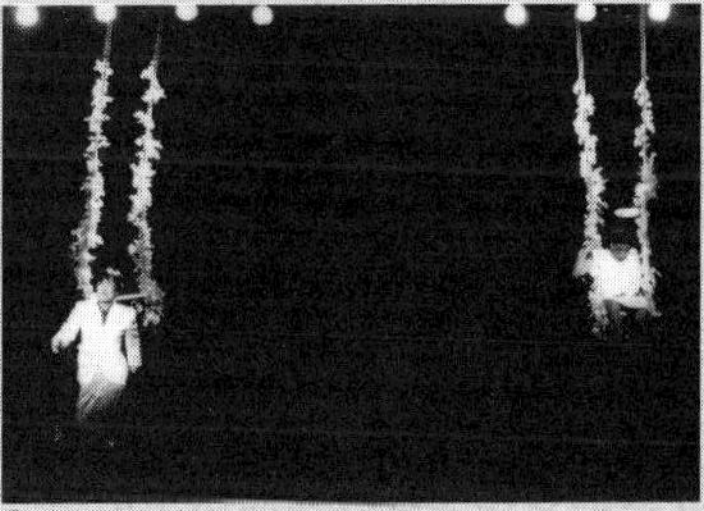
㉖

㉗

1995年

㉘「パレード旅団」【第28回公演】
4月4日〜5月9日、PARCO劇場（東京）／5月18日〜5月28日、近鉄小劇場（大阪）で上演。「もうひとつの地球にある水平線のあるピアノ」を改訂・改題した作品。ラスト、舞台に本物の水が大量に降った。

1996年

㉙「リレイヤーⅢ」【第29回公演】
8月20日〜8月26日、近鉄劇場（大阪）／9月3日〜10月10日、サンシャイン劇場（東京）で上演。出演：大高洋夫、小須田康人、京晋佑、松田憲侍、稲葉暢貴、長野里美、西牟田恵、上野可奈子、旗島伸子、北岡綾子。劇団と恋愛の話。

1997年

㉚「朝日のような夕日をつれて'97」【第30回公演】
1月27日〜3月2日、紀伊國屋サザンシアター（東京）／3月12日〜3月23日、近鉄小劇場（大阪）／3月27日〜3月31日、札幌・道新ホール（北海道）／4月4日〜4月7日、大野城まどかぴあ（福岡）で上演。出演：大高洋夫、小須田康人、筧利夫、松重豊、松田憲侍。上演後、鴻上はロンドンに一年間留学。

㉘

㉙

㉚

2001年

㉛「ファントム・ペイン」【劇団結成20周年記念公演】
9月14日〜10月1日、ルテアトル銀座（東京）／10月5日〜10月9日、近鉄劇場（大阪）／10月13日〜10月14日、メルパルクホールFUKUOKA（福岡）で上演。出演：大高洋夫、小須田康人、京晋佑、池田成志、長野里美、山下裕子、筒井真理子。客演：山本耕史ほか。第三舞台は以降10年間の劇団公演封印を宣言。

㉛

上演記録

「第三舞台」封印解除＆解散公演

『深呼吸する惑星』

公演期間・会場｜東京公演　2011年11月26日（土）～12月18日（日）・紀伊國屋ホール
大阪公演　2011年12月22日（木）～12月26日（月）・森ノ宮ピロティホール
横浜公演　2011年12月28日（水）～12月31日（土）・KAAT神奈川芸術劇場ホール
東京公演　2012年1月6日（金）～1月9日（月）・サンシャイン劇場
福岡公演　2012年1月15日（日）・キャナルシティ劇場

作・演出｜鴻上尚史

キャスト

筧 利夫　長野里美　小須田康人　山下裕子　筒井真理子　／　高橋一生　／　大高洋夫
荻野貴継　小沢道成　三上陽永

スタッフ

美術｜松井るみ　音楽｜HIROSHI　WATANABE
照明｜坂本明浩　音響｜堀江潤　衣裳｜原まさみ
舞台監督｜澁谷壽久　振付｜川﨑悦子
アクション・コーディネーター｜藤榮史哉
映像｜冨田中理　ヘアメイク｜西川直子　演出助手｜小林七緒、松森望宏
照明オペレーター｜伊賀康、畠山聖、山田晶子　音響オペレーター｜清水麻理子、大西美雲
演出部｜宇野圭一、中山宣義、加瀬貴広、満安孝一、水野桜子
衣裳部｜矢作多真美、加藤裕子　ヘアメイク部｜佐藤法子
映像オペレーター｜神守陽介（インターナショナルクリエイティブ）
小道具デザイン｜小松信雄　小道具製作｜高橋岳蔵、鈴木美幸、中村友香
大道具製作｜C-COM舞台装置　特殊効果｜特効
運搬｜マイド　記録写真｜田中亜紀
協力｜池田成志、板垣恭一、伊藤正宏、戸田山雅司、羽藤麻由、渡辺まり
制作｜中山梨紗、関島誠、倉田知加子（サードステージ）　池田風見（オフィスREN）　制作助手｜春原千里
プロデューサー｜三瓶雅史（dramatic department）

企画・製作｜サードステージ

著者略歴
一九五八年生
早稲田大学法学部卒
作家・演出家
主要作品
『朝日のような夕日をつれて』
『デジャ・ヴュ』
『モダン・ホラー』
『ハッシャ・バイ』
『ビー・ヒア・ナウ』
『天使は瞳を閉じて』(クラシック版)
『トランス』(新版)
『スナフキンの手紙』(岸田國士戯曲賞受賞)
『パレード旅団』
『ものがたり降る夜』
『プロパガンダ・デイドリーム』
『恋愛戯曲』(新版)
『ファントム・ペイン』
『ピルグリム』(クラシック版)
『シンデレラストーリー』
『ハルシオン・デイズ』
『リンダリンダ』
『グローブ・ジャングル』(読売文学賞受賞)
『エゴ・サーチ』
『アンダー・ザ・ロウズ』
『発声と身体のレッスン　魅力的な「こえ」と「からだ」を作るために』(増補新版)
『演技と演出のレッスン　魅力的な俳優になるために』

サードステージ住所
〒一五一―〇〇五一
東京都渋谷区千駄ヶ谷一―一一―六
第2シャトウ千宗四〇一
電話〇三(五七七二)七四七四
office1@thirdstage.com
ホームページアドレス
http://www.thirdstage.com

深呼吸《しんこきゅう》する惑星《わくせい》

二〇一二年六月一五日　印刷
二〇一二年七月一〇日　発行

著者 ©　鴻《こう》上《かみ》尚《しょう》史《じ》
発行者　及川直志
印刷所　株式会社　精興社
発行所　株式会社　白水社

東京都千代田区神田小川町三の二四
電話　営業部〇三(三二九一)七八一一
　　　編集部〇三(三二九一)七八二一
振替　〇〇一九〇-五-三三二二八
郵便番号　一〇一-〇〇五二
http://www.hakusuisha.co.jp
乱丁・落丁本は送料小社負担にてお取り替えいたします

松岳社 株式会社 青木製本所

ISBN978-4-560-08233-1

Printed in Japan